KB120732

나에게만 들리는
별빛 칸타빌레 1

나 에 게 만 · 돌 리 는
별빛 칸타빌레
1

팀 보울러 장편소설 · 김은경 옮김

STARSEEKER

친애하는 한국 독자들에게

나의 소설이 한국에서 출간되어 매우 기쁘고 뿌듯합니다. 전에 한 번 한국을 방문한 적이 있었는데, 매우 아름다운 나라라는 인상을 받았습니다. 또한 제가 만난 한국 독자들의 열의와 열정, 그리고 문학에 대한 깊은 관심은 지금도 생생히 기억날 정도로 강렬했습니다.

저는 영국 남서쪽의 작은 마을에 살고 있는데, 매우 평화로워서 작가에게는 더할 나위 없이 완벽한 곳입니다. 작업실은 집 밖에 따로 있는데 오래된 벽돌집입니다. 창밖으로는 산과 들이 보이고 작업할 때는 오직 아름다운 새소리만 들립니다. 근처 마구간에서 콧김을 몰아쉬는 말들의 소리도 가끔 들리지만요.

다시 한번 한국을 방문해 제 소설을 읽은 독자들을 만날 수 있다면 더없이 기쁠 것입니다. 그 날이 올 때까지, 즐겁게 썼던 이 이야기를 여러분과 나눌 수 있어서 정말 행복합니다.

한국에서는 저의 두 번째 소설로 소개되지만, 사실『별빛 칸타빌레 Starseeker』는 저의 여섯 번째 소설입니다. 제가 그 전에 썼던 책에 비해 분량이 두 배나 되죠. 그리고 내용이나 분위기 역시 다른 것들과는 매우 다릅니다. 이 이야기는 숲 인근에 위치한 작은 마을을 배경으로 하고 있습니다. 숲속에 있는 나무 한 그루가 이야기에서 중요한 역할을 맡습니다. 또한 이 소설은 매우 음악적이기도 합니다. 이번 소설에서도 빼놓을 수 없는 역할을 하지요. 저는 음악을 매우 좋아하고 즐기는 편인데, 좋은 음악을 듣는 건 좋은 책을 읽는 것만큼이나 행복한 일이라고 생각합니다. 두 가지 모두 우리의 영혼을 풍요롭게 해주니까요.

『별빛 칸타빌레』는 루크라는 한 소년에 대한 이야기입니다. 루크는 놀라운 음악적 재능을 지니고 있는 데다가 남이 듣지 못하는 소리, 자신의 마음과 타인의 마음에서 들리는 소리까지 듣는 특별한 능력이 있는 아이죠. 하지만 2년 전 아빠가 돌아가신 뒤로 마음의 문을 닫아버립니다. 아빠의 죽음은 루크에게 견딜 수 없는 고통과 슬픔으로 다가오고, 그 때문에 모든 일이 얽히고설

켜버립니다. 엄마와는 하는 말마다 다툼이 되고 불량한 패거리와 어울렸다가 발을 뺄 수도 없게 되어버리죠. 루크는 이야기 초반에 어디에서도 자기 자리를 찾지 못하는 아이로 등장합니다.

사실 누구나 루크와 같은 상황에 처할 수 있습니다. 상실의 아픔으로 괴로워하고, 진정으로 원하는 게 아닌데 상황에 떠밀려 울며 겨자 먹기로 하기 싫은 일을 해야 하고, 마음 기댈 곳이 절실하지만 스스로 마음을 열 수 없는……. 이 소설은 그런 주인공 루크가 다양한 사람들을 만나고, 여러 가지 사건을 경험하면서 조금씩 진심을 보일 수 있는 용기를 얻어가는 과정을 그리고 있습니다.

이 책의 두 번째 주인공은 리틀 부인이라는 괴팍한 할머니인데, 루크와 마찬가지로 자기 삶에 단단한 커튼을 치고 살아가는 인물입니다. 마음에 빗장을 채우고 '누구도 내 마음에 들어올 수 없어'라는 분위기를 풍기는 냉소적인 할머니죠. 부인은 어느 누구와도 교류하지 않고 오로지 혼자 낡은 집에서 비밀을 안고 살아갑니다.

리틀 부인과 함께 사는 미스터리한 소녀 역시 이 소설을 얘기하면서 빼놓을 수 없는 존재지만 너무 많이 말하면 읽는 재미가 줄어들 테니 소개는 이쯤까지만 할까 합니다.

이 소설은 치유와 희망을 이야기하며, 음악과 창조를 이야기합니다. 또한 슬픔을 겪은 후 다시 사랑하는 법을 배우는 이야기

이기도 합니다. 성장소설인 동시에 천재에 관한 이야기고, 영혼에 관한 이야기입니다.

이야기에는 우리를 변화시키는 힘이 있다고, 저는 그렇게 믿습니다. 위대한 이야기는 인생의 굽이굽이를 함께 여행하기도 하고 마치 혈관 속을 흐르는 피처럼 우리 영혼의 일부가 되기도 합니다. 이야기는 우리의 태도와 감정, 그리고 정신을 형성합니다. 우리를 감동시키고 즐겁게 하고, 때때로 깜짝 놀라게도 웃게도 하죠. 위험에서 벗어나도록 돕는가 하면 그에 맞설 수 있는 용기를 주기도 합니다. 이야기는 내면세계를 형성해주고 우리 삶에 경이로움을 부여해줍니다. 이것이 내가 글을 쓰는 이유입니다.

이제 나의 이야기가 담긴 이 책을 존경을 담아 여러분께 조심스럽게 건넵니다. 이 소설이 여러분 삶 한 자락을 따뜻하게 비춰주기를 기원합니다.

행운을 빌며
팀 보울러

1

모습은 보이지 않았지만 목소리는 들렸다. 어스름 속에서 꿈결처럼 메아리치는 속삭임. 어린 소녀의 목소리였다. 그 소리가 얼마나 가냘프던지, 마치 뒤쪽 버클랜드 숲의 나무 정령이 내는 소리 같았다. 하지만 그건 분명 그랜지 쪽에서 새어 나오고 있었다. 소년은 그 오래된 저택을 쳐다보며 귀를 기울였다. 그리고 그것이 흐느끼는 소리라는 사실을 알아차리고는 화들짝 놀랐다.

다른 아이들을 둘러봤다. 스킨과 다즈는 저택 담 너머에 시선을 두고 있었고 스피드는 땅에 털썩 주저앉아 도넛을 먹고 있었다. 통통하고 뭉뚝한 손가락은 온통 설탕과 잼 범벅이었다. 스피드가 고개를 쳐들고 물었다.

"루크, 괜찮냐? 너 좀 불편해 보이는데?"

"어…… 괜찮아."

아이들은 그 소리를 듣지 못한 게 분명했다. 스피드는 다시 도넛으로 눈을 돌렸고 다른 아이들 역시 나에게 아무 신경도 쓰지 않았다. 한 시간 전부터 눈을 부릅뜨고 그저 현관문만 바라볼 뿐이었다. 다즈는 족제비 같은 표정으로 뺨을 계속 실룩거렸지만 스킨은 얼굴을 잔뜩 찌푸린 채 입을 다물고 있었다. 루크는 잠시 망설이다 입을 열었다.

"무슨 소리 안 들려?"

"스피드 트림 소리."

다즈가 고개를 돌리지도 않고 대답했다. 그리고 곧바로 한마디 덧붙였다.

"늘 들었잖아, 새삼스럽게."

루크는 얼굴을 찡그렸다. 분명히 소녀의 목소리가 들렸다. 그리고 그 소리는 점점 강해졌다. 왜 다른 아이들은 못 듣는 거지? 루크는 담 가까이에 붙어 저택을 들여다봤다. 그랜지 저택 정원에는 아무렇게나 자라난 잔디와 꽃밭과 망가진 창고가 있었고 그너머 왼편, 불빛도 없는 적막함 속에 집 한 채가 우뚝 서 있었다.

담 밑에서 스피드가 속삭였다.

"리틀 부인이 보여?"

스킨이 대답했다.

"아직."

"오늘 밤엔 안 나가려나?"

"나가겠지."

"그 할멈이 정말 외출할지는 아무도 모르잖아. 집 밖으로 나오는 날도 별로 없고."

스피드는 도넛을 또 한입 베어 물며 우물거렸다. 스킨은 잠깐 짜증나는 표정으로 스피드를 바라보더니 이내 집 쪽으로 고개를 돌렸다. 스킨이 눈을 가늘게 뜨며 말했다.

"할멈은 금요일 저녁이면 늘 동네 가게엘 간단 말이야. 오늘 밤에도 그럴 거야. 두고 봐."

"그렇다면 이젠 나와야지. 곧 가게 문 닫을 시간이잖아."

"밤에도 늦게까지 열어. 아직 시간이 있어."

스킨이 말을 하다 말고 갑자기 긴장했다.

"나왔다! 입 다물어. 혹시 이쪽 쳐다보면 모두 고개 숙이고."

리틀 부인이 쇼핑백을 들고 대문으로 걸어 나오는 모습이 보였다. 루크는 얼마나 긴장했는지 온몸이 딱딱하게 굳는 것 같았다. 다즈가 고개를 절레절레 흔들며 말했다.

"정말로 못생긴 할멈이네."

맞는 말이었다. 리틀 부인은 이제껏 루크가 본 여자들 가운데 가장 사납고 무섭게 생겼다. 사실 부인은 여기 어퍼딘톤에서 모두가 싫어하는 사람이다. 이웃들과도 거의 왕래 없이 지냈기 때문에 누구도 부인에 대해 자세히 알지 못했다. 부인의 남편에 대해 아는 사람도 없었다. 과연 리틀 씨라는 사람이 실제로 존재하는지조차 의문이었다. 스킨 패거리도 부인에 대해 잘 모르기는 마찬가지다. 다만 부인이 그랜지에서 2년 정도 혼자 살았으며 누군가 집 근처에라도 오면 냉큼 꺼지라고 호통을 친다는 것 정도가 그들이 아는 전부였다. 부인은 이 세상 모든 사람들, 특히 열네 살 난 촌놈들일 뿐인 스킨 패거리를 싫어하는 것처럼 보였다.

하지만 이제는 그들이 앙갚음을 할 차례다. 스킨 패거리는 자기들에게 잘못 보이면 어떻게 되는지 부인에게 본때를 보여줄 작정이다. 리틀 부인이 얼마나 부자인지 정확히 아는 사람은 없었지만 돈이 많은 것만은 분명했다. 그랜지는 어퍼딘톤에서 가장 비싼 저택으로 주택가에서 떨어져 호젓하고 벽으로 둘러싸인 대정원이 버클랜드 숲 가장자리까지 펼쳐져 있다. 그런 집을 사려면 당연히 돈이 많아야 한다. 하지만 스킨이 원하는 건 돈이 아니었다.

그건 바로 상자였다. 물론 그 안에 돈이 있다면야 금상첨화겠지만 그런 건 아무래도 상관없었다. 스킨은 자나 깨나 그 상자를 간절히 원했다. 창문으로 그 집을 들여다봤을 때 리틀 부인이 들고 있던 그 상자. 그 안에 정말로 진귀한 물건이, 어쩌면 보석이 들어 있을지도 모르는 일이었다. 상자 안에 무엇이 들어 있든 그것을 목표로 삼을 가치는 충분했다. 마치 몰래 감춰둔 돈을 애지중지하는 구두쇠처럼, 리틀 부인은 상자를 떠받치고 주위를 두리

번거리면서 내용물을 확인했다. 설령 보석이 아니라 하더라도 리틀 부인에게 굉장히 중요한 물건임에는 틀림없었다. 그 이유만으로도 그걸 훔칠 이유는 충분했다.

"야, 할멈 나간다."

다즈의 중얼거림에 루크의 시선이 부인을 쫓았다. 부인은 마을 쪽으로 이어진 넛부시 길로 들어서고 있었다. 루크는 자신에게 꽂힌 듯 고정된 스킨의 시선을 느꼈다.

"자, 루크. 이제 너한테 달렸어."

"꼭 해야 돼? 내가 정말 하고 싶은 건지 잘 모르겠어."

그러자 스킨이 루크를 유심히 뜯어보며 말했다.

"하고 싶고 말고가 어디 있어? 이미 끝난 얘기잖아. 너, 우리 멤버가 되고 싶어했지? 우리도 그랬으면 좋겠어. 하지만 그러려면 우선 네가 믿을 만한지 봐야 하지 않겠냐? 네게 용기가 있는지 어떤지 알아야겠단 말이지."

스킨이 눈에 힘을 주며 루크를 윽박질렀다.

"이 정도도 못한다면 우린 널 끼워줄 수 없어. 그러면 넌 다시 피아노나 뚱땅거리고 음악 레슨이나 받아야 할 거야."

루크가 집을 돌아보는데 흐느끼는 소리가 다시 들렸다. 그 소리에 겹쳐 스킨의 목소리가 나지막하게 들려왔다.

"우리 편이 되거나 적이 되거나, 둘 중 하나야. 내 말이 무슨 뜻인지 알아들었겠지."

스킨의 두 눈에서는 시커먼 불길이 일었다. 루크는 다즈와 스킨의 시선을 느끼면서 입술을 지그시 깨물었다. 그리고 귓바퀴에서 쟁쟁거리는 울음소리를 지워버리려고 애썼다.

"그래. 알았어."

루크가 한숨을 쉬듯 말하자 스킨이 대답했다.

"그래, 당연히 그래야지."

그들은 담벼락을 따라 대문까지 단숨에 달려갔다. 스킨이 갑자기 발걸음을 멈추더니 주위를 잽싸게 둘러봤다. 아까까지의 침착함이 온데간데없이 사라지고 그의 얼굴에 사냥개 같은 경계의 빛이 떠올랐다. 그때 숲으로 난 길 끝 쪽에서 말발굽 소리가 들려왔다.

"빨리 움직여! 담 안쪽으로 바싹 붙어!"

스킨의 말에 일행은 잽싸게 대문을 타고 넘어가 벽에 딱 달라붙었다. 그들이 가쁜 숨을 고르는 사이 말발굽 소리는 더 커졌다. 루크가 밖을 슬쩍 둘러봤다.

"누구야?"

스킨이 속삭였다.

"미란다 데이비스랑 그 애 아빠."

말을 탄 두 사람이 넛부시 길 방향으로 사라지는 모습을 바라보며 루크가 대답했다. 그러자 스피드가 킬킬거리며 말했다.

"아하, 루크 여자친구인 거군."

"여자친구 아니야."

"그러셔? 너희 둘이 학교에서 웃고 떠드는 걸 다 봤는데?"

"입 다물어! 어서 할 일이나 끝내자."

스킨이 스피드의 말을 자르며 재촉했다. 그는 일행을 집 뒤쪽으로 이끌었다. 잔디밭에서 바라본 집은 어스름에 잠겨 적막해 보였다. 위층과 아래층 모두 커튼이 쳐져 있었지만, 불이 켜진 방은 없는 것 같았다. 스킨은 가장 가까운 1층 창문을 가리켰다.

"저기가 거실이야. 그 할멈은 저기서 상자를 보고 있었고. 물론 그때는 여기 말고 반대편에서 봤지만 말이야. 길옆에 난 담을 타고 올라가서 들여다봤지."

"지금도 저기 있겠지? 거실에 말이야."

다즈가 말했다.

"그렇지는 않을걸. 정말 귀한 물건이라면 안 보이는 데 숨겨두지 않겠어? 그래도 한번 살펴는 봐야지. 커튼 틈으로 한번 들여다봐봐."

다즈가 달려가 눈을 창문에 갖다 댔다.

"좀 기묘한 곳인데. 이상한 장식품이랑 물건이 진짜 많아."

틈새로 계속 안을 쳐다보며 다즈가 말했다.

"먼지가 뿌예. 청소도 잘 안 하나 봐."

그리고는 숨죽여 웃으며 말을 이었다.

"그래도 루크에게는 편안하겠네. 그랜드피아노가 있거든. 우리가 상자를 찾는 동안 클래식 연주나 하면 되겠다.”

루크는 다즈의 비웃는 말은 무시하기로 했다.

“상자가 있는 것 같아?”

스킨이 물었다.

“없는 것 같은데.”

“비켜봐. 내가 볼게.”

스킨이 다즈를 제치고 집 안을 들여다보며 말했다.

“안 보이네. 괜찮아, 안으로 들어가면 찾을 수 있겠지.”

그가 몸을 똑바로 세우고 뒤를 돌아봤다.

“루크 스탠턴. 자, 이제 네가 움직일 차례야.”

모든 시선이 루크에게 쏠렸다. 스킨이 다가와 루크의 어깨를 한 팔로 감쌌다.

“루크, 넌 정말 운이 좋은 놈이야. 스피드가 도넛을 먹어치우고 네가 멍하니 허공을 쳐다볼 때 나랑 다즈가 뭘 발견했는지 알아? 따라와, 내가 보여주지.”

그는 아이들을 집 뒤쪽으로 데려가더니 위쪽을 가리켰다.

“저기야.”

루크는 혹시나 울고 있는 소녀가 보이지는 않을까 기대하며 스킨의 시선을 쫓았지만, 벽을 타고 설치된 배수관과 문 열린 창문 두 개가 보일 뿐이었다. 하나는 지붕에 달린 채광창이고 다른 하나는 지붕 밑 2층에 달린 창문이다.

"우리는 네가 움직이기 쉽게 모든 걸 다 준비해놨어. 네 첫 임무니까. 봐봐, 얼마나 간단해? 이게 쉬운 일이란 걸 너도 인정해야 돼. 이 집 할멈이 이렇게 근사한 금속배수관도 마련해놨잖아."

루크는 손을 뻗어 배수관을 만져보았다. 단단해 보였다. 스킨 말대로 배수관을 기어오르는 건 어려운 일이 아니었다. 다른 애들도 간단히 기어오를 수 있을 정도로 쉬워 보였다. 물론 스피드는 제외지만. 그러나 루크는 잘 알고 있다. 오늘 저녁 시험대상은 다른 애들이 아닌 바로 자신이며, 자기 손으로 상자를 가져와야 한다는 것을. 스킨이 배수관을 쳐다보며 고개를 끄덕였다.

"자, 시작해보자고."

루크는 한 사람씩 바라보며 머뭇거렸다. 스킨이 바짝 옆으로 다가섰다. 그의 눈 속에 있던 불길이 더 시커멓고 더 깊고 더 뜨겁게 타오르는 것 같았지만 목소리는 몹시 차가웠다.

"시작하라고 했지. 우리는 널 믿는다. 넌 다른 누구보다 잘 오를 수 있어, 내가 아는 그 누구보다. 이 일을 잘 마치기만 하면 또 다른 일이 떨어질 거야. 이번 일처럼 쉽고 괜찮은 일. 위험하지도 소란스럽지도 않은 일 말이지. 우리한테 붙으면 좋은 일만 생길 거야. 넌 우리 패거리의 일원이 되고 싶어했고 저 할멈을 골탕먹이고 싶어했잖아. 이제 기회가 온 거야. 그러니까 어서 움직여. 그리고 내가 한 말 기억해. 안으로 들어가면 꾸물거리지 말라고. 현관으로 들어가게만 해주면 나머지 일은 우리가 다 알아서 할 테니까."

루크는 내키지 않는 듯 배수관을 만지작거렸다. 하지만 이제
와서 발을 빼기에는 너무 늦었다. 돌아가기에는 너무 멀리 와버
렸다. 여기서 그만둔다면 끔찍한 일을 당할 게 뻔했다. 루크는 천
천히 배수관을 오르기 시작했다. 밑에 남겨진 패거리와 멀어진
다는 사실은 좋았지만, 어쩐 일인지 그 어느 때보다 심한 두려움
이 몰려왔다. 오래되고 으스스한 이 집에서 과연 뭘 찾을 수 있을
까? 그는 2층 창에 거의 도달했지만 배수관에 매달린 채로 잠시
발을 멈췄다. 밑에서 인동덩굴 냄새가 희미하게 올라왔고 위에서
는 다시 우는 소리가 들려왔다. 소리는 가깝게, 더 절망적이고 더
절박하게 들렸다.

'이 소녀는 누구지? 어디에 있는 거야? 도대체 왜 이렇게 우는
거지?'

루크는 소리에 이끌려 골똘히 생각하는 한편 오래된 의심을
떨쳐내려 애썼다.

'이 울음소리가 단순히 상상 속에서 들리는 거라면?'

사실 루크는 청각이 매우 예민해서 무슨 소리든 남들보다 훨
씬 먼저 들을 뿐 아니라 아무도 못 듣는 소리까지 듣곤 했다.

'이 소리 역시 나만의 상상인가?'

진실이 무엇이든 그는 집 안으로 들어가야 했다. 그러지 않는
다면 스킨이 보복을 할 것이고, 그건 지금 울고 있는 소녀가 자기

에게 입힐 수 있는 해악보다 훨씬 더 고통스러울 것이다. 망설이는 그를 부추기듯 밑에서 스킨이 소리쳤다.

"루크, 어서 가! 계속 가라고! 뭘 미적거리고 있는 거야? 스피드가 했어도 지금쯤은 들어갔겠다!"

루크는 고개를 들어 창문을 쳐다봤다. 배수관과 창문의 거리는 밑에서 가늠했던 것보다 훨씬 멀었지만 어쨌든 성공해야만 했다. 그는 왼발을 뻗어 창선반에 올려놓은 다음 창틀을 붙잡고 몸을 잡아끌었다. 간신히 창문에 정사각형으로 매달린 선반 위에 도착한 그는 몸을 웅크리고 앉아 집 안을 들여다봤다. 비명을 내지르는 듯한 괴기한 조각상이 빼곡히 들어찬 선반과 회전의자와 책상이 놓인 작은 서재가 보였다. 이때 밑에서 조바심을 내며 거칠게 내뱉는 스킨의 목소리가 다시 들려왔다.

"어서 움직이지 뭐하고 있는 거야? 네가 시간을 다 잡아먹고 있잖아! 아래층으로 내려가서 빨리 문 열어!"

루크는 그 소리에 쫓기듯 서재 안으로 들어갔다. 패거리의 시야에서 벗어난다는 건 다행스러웠지만 막상 방 안에 발을 딛고 나니 불안감이 엄습했다. 울음소리는 그 어느 때보다 크게 들렸다. 위쪽 어딘가에서 들려오는 것 같았다. 그는 까치걸음으로 조심조심 발을 옮겨 방문 밖을 비죽이 내다봤다. 양 옆으로 불이 켜지지 않은 널따란 계단참이 펼쳐졌다. 왼쪽으로 고개를 돌리니 닫힌 문이 세 개 있었고 그 끝에 반쯤 열린 문이 보였다. 오른쪽에는 현관 마루로 내려가는 계단이 있었고, 그 끝에는 벽에서 살짝 올라간 작은 문이 닫혀 있었다. 그는 이상한 조각상으로 장식된 선반을 다시 바라봤다. 춤추는 조각상, 악기를 연주하는 조각상, 침울한 표정의 조각상이 그득했다. 루크는 얼굴을 찡그리며 생각했다.

'이제 그냥 아래층으로 내려가서 현관문만 열어주면 다 끝이야. 우는 소리 같은 건 애초에 없었던 거야. 그럴 수도 없고. 들은 사람이 아무도 없잖아. 그러니까 이건 지난 몇 년 동안, 특히 아빠가 돌아가신 이후로 들었던, 혹은 들었다고 생각했던 다른 소리처럼 상상 속의 환청일 뿐이야.'

다시 마음을 다잡고 계단으로 달려갔다. 그런데 막 한 계단을 내려가려는 순간이었다. 위쪽 어딘가에서 크게 흐느끼는 소리가 또다시 들려왔다. 루크는 그 자리에 얼어붙고 말았다. 떨리는 몸으로 가만히 귀를 기울였다.

'이건 현실이 아니야. 상상일 뿐이라고. 리틀 부인은 혼자 살아. 누구나 다 아는 사실이잖아. 그리고 부인은 사람을 싫어해. 여기 다른 사람이 있을 리 없어.'

그런데 흐느끼는 소리가 다시 들려왔다. 그 소리가 어찌나 큰지 이번에는 마치 비명처럼 들렸다. 루크는 소리 나는 곳을 올려다보면서 집 외관을 떠올렸다.

'저기에 뭐가 있었더라?'

열린 채광창! 아마도 그곳일 것이다. 이 집에는 분명 다락방 같은 게 있을 테다. 루크는 시선을 돌려 계단참 오른쪽 끝에 있는 문을 물끄러미 쳐다봤다. 그곳을 살펴보지 않아도 될 이유를 찾으면서……. 하지만 생각과는 달리 무엇에 홀리기라도 한 것처럼 발걸음이 그쪽으로 향했다. 루크는 숨을 가쁘게 몰아쉬면서 계단을 지나 문 쪽으로 다가갔다. 문을 열자 위로 올라가는 좁다란 계단이 보였다. 계단을 멍하니 쳐다보는 루크의 마음속에 이런저런 목소리가 뒤섞여 들려왔다. 이곳이 어떤 곳이든 상관하지 말고 어서 내려가서 현관문을 열라는 날 선 목소리, 그리고 계단을 올라가서 울음소리의 근원지를 찾아보라고 재촉하는 목소리. 그런데 순간 이 울음소리가 상상이 아니라 현실일지도 모른다는 생각이 그를 사로잡았다.

'나의 도움이 필요한 누군가가 여기 있을지도 몰라.'

루크는 주먹을 꼭 쥐고 최대한 살며시 계단을 올라갔다. 계단은 길지 않았다. 꼭대기에는 금방 도착할 수 있었다. 계단 끝에 굳게 닫힌 두 개의 문이 보였다. 불이 꺼져 있어 어두침침했다. 그 사이 울음소리는 점점 더 커졌다. 두 방 가운데 한 곳에서 들리는 게 분명했다. 루크는 요동치는 심장을 가라앉히면서 한 쪽 문으로 다가가 손잡이를 돌렸다. 사용한 흔적이 고스란히 남아 있는 화장실이었다. 수건을 비롯해서 칫솔, 치약, 샴푸 등이 갖춰져 있었는데 사람은 없었다. 그는 다른 문 앞으로 가서 손을 내밀었다.

그 순간, 거짓말처럼 울음소리가 멈췄다. 대신 으스스한 적막감이 감돌았다. 루크는 손잡이에 손을 댄 채 꼼짝하지 않고 서 있었다. 그가 낸 소리를 들은 게 분명했다. 최대한 조용히 움직였지만 소녀는 어떤 소리를, 아마도 그가 화장실 문을 딸깍하고 여는 소리를 들었으리라. 그렇지 않다면야 갑자기 이렇게 조용해질 이유가 없었다. 그렇다면 소녀는 지금 무얼 하는 걸까? 혹시 소녀가 움직이는 소리가 들리나 싶어 청각을 곤두세웠다. 아무 소리도 들리지 않았다. 하지만 그는 소녀도 자기처럼 문 뒤에서 귀를 쫑긋 세우고 있는 게 분명하다고 느꼈다. 어쩌면 자기보다도 소녀가 더 많이 놀랐을지도 몰랐다. 그는 머리를 문에 바짝 갖다 대고 중얼거렸다.

"널 해치지 않아. 해치지 않는다고 약속할게."

하지만 건너편에서는 아무런 응답도 없었다. 침묵이 이어지면서 적막감은 더 깊어졌다. 심장이 터질 것같이 방망이질 치기 시작했다. 밖에서 다른 아이들과 씩씩거리고 있을 스킨의 모습이 떠올랐다. 지금쯤 화가 머리끝까지 나서 '도대체 이 녀석이 안에서 뭘 하고 있는 거냐'며 펄펄 뛰고 있을 것이다.

'그런데 나는 무얼 하고 있는 거지?'

그는 다시 의구심에 휩싸였다. 내면에서 또다시 논리적인 목소리가 들려왔다.

'리틀 부인은 혼자 산다. 그건 누구나 아는 사실이다. 너는 이전에도 상상의 소리를 들었고 이것 역시 상상의 소리다. 방엔 아무도 없다.'

이 소리를 확인하는 건 아주 쉽다. 약간의 용기만 내면 된다. 루크는 마음을 가라앉힌 다음 손잡이를 꽉 잡고 돌렸다. 그런데 맥 빠지게도 문은 잠겨 있었다. 그는 안도의 한숨을 내쉬었다. 상황종료다. 열쇠가 없으니 안으로 들어갈 수도 없고 더욱이 들어간다고 해도 더는 의미가 없다. 리틀 부인이 못생기고 그악스러울지는 몰라도 소녀를 다락방에 가둘 만큼 나쁜 사람은 아닐 것 같았다. 소리가 더 나지 않을까 싶어 문 안쪽에 귀를 대봤지만 들려오는 건 불안정한 자기 숨소리뿐이었다. 그러다 충동적으로 무릎을 꿇고 열쇠구멍에 눈을 갖다 댔다.

불은 꺼져 있었지만 아직 남아 있는 낮 기운이 채광창을 통해 어슴푸레 들어오고 있었다. 침대 한 개와 난방기 모서리, 칙칙한 벽지와 선반 일부분이 그의 시야에 들어왔다. 아래층에 있는 선반과 달리 이 선반에는 아무것도 놓여 있지 않았다.

그때였다. 갑자기 시야 안으로 얼굴 하나가 불쑥 들어왔다. 숨이 멎는 것 같았다. 열쇠구멍 바로 앞에서 어떤 여자애가 그를 말끄러미 쳐다보는 게 아닌가. 적어도 그의 눈에는 그렇게 보였다. 매끄러운 검은색 단발머리를 한, 겨우 아홉 살이나 열 살쯤 되어 보이는 여자애였다. 여자애의 눈시울은 젖어 있었고 얼굴에는 두려움이 가득했다. 그는 여태 그렇게 두려움에 질려 있는 표정을 한 번도 본 적이 없었다.

루크는 후들거리는 다리를 이끌고 계단 쪽으로 비실비실 걸음을 옮겼다. 문 앞에 있어야 한다는 것을, 소녀에게 말을 걸어봐야 한다는 것을 알았지만 도저히 그렇게 할 수가 없었다. 모든 것이 무서웠다. 계단에 도착하자 다시 뒤쪽에서 울음소리가 들려왔지만 그 소리는 루크의 발걸음을 재촉했을 뿐이다. 퉁탕거리며 계단을 내려가서 넓은 계단참을 정신없이 내달렸다. 현관 마루로 연결된 계단으로 뛰어 내려가는데, 울음소리가 마치 검은 구름처럼 그를 뒤덮는 것만 같았다. 멀리 달아날수록 울음소리는 더 커졌다. 가까스로 현관에 도착해서 손잡이를 비틀어 열었다.

그 앞에 아이들이 인상을 잔뜩 구기고 서 있었다. 스킨이 그의 정수리 부근을 손으로 세게 후려쳤다.

"도대체 어떻게 된 거야? 아주 하루 종일 있다가 오지 그래? 야, 잠깐 기다려! 문 닫지 마!"

루크는 들은 척도 하지 않았다. 아이들이 말릴 틈도 없이 현관문을 쾅 닫고 달려가 대문을 훌쩍 뛰어넘었다. 그리곤 숲으로 이어진 길로 달음질쳤다. 달리는 내내 울음소리가 그를 떠나질 않았다.

2

루크는 뒤도 안 돌아보고 어두운 숲속을 내달렸다. 아이들이 뒤쫓아 올 거라는 사실은 알고 있었다. 그렇지만 스킨이 가할 응징보다 소녀의 두려운 표정이 더 무서웠다. 그는 태어나서 한 번도 그런 두려움을, 그런 고통을 본 적이 없었다.

'그 소녀는 누굴까? 왜 방에 갇혀 있지? 뭘 그렇게 두려워하는 걸까? 혹시 나를 두려워한 걸까? 그럴 리가 없어. 뭔가 다른 게 있겠지. 그 소녀의 울음소리는 집 안에 들어가기 전부터 들렸잖아. 그 애의 청력도 나처럼 예민하거나 희한하게 발달했다면 또 몰라. 그렇지만 그럴 가능성은 없어.'

비틀거리며 숲을 지나는 동안에도 계속해서 소녀의 목소리가 들렸다. 소녀의 울음소리는 나뭇잎, 드넓은 땅, 공기를 통해 나지

막하게 들려왔다. 저 뒤쪽에서 아이들의 고함소리도 함께 들렸다. 분을 참지 못해 욕설을 퍼붓는 스킨의 목소리가 가장 도드라졌지만 스피드와 다즈의 목소리도 섞여 있었다. 그러다 이내 잠잠해졌다.

그러나 루크는 그들이 포기하지 않았다는 걸 알고 있다. 지금은 그냥 숨을 죽이고 있을 뿐이다. 루크가 어디로 향하는지 이미 짐작하고 있기 때문이다. 루크가 항상 가는 곳, 그러니까 아빠가 가장 좋아했던 바로 그곳……. 물론 루크 입장에서는 바로 집으로 달려가는 게 더 안전했다. 하지만 집보다 그곳이 더 편안했다. 어디로 가든 결국에는 스킨에게 붙잡히고 말 텐데 그게 무슨 대수겠는가. 루크는 스킨 일당과의 거리가 최대한 벌어지기를 바라며 전속력으로 달리고 또 달렸다. 루크는 곧 오크 고목이 있는 빈터에 도착했다.

거대한 오크 나무는 마치 루크를 기다렸다는 듯 몸통을 흔들며 인사를 건넸다. 그는 나뭇잎과 나뭇가지가 차양처럼 드리운, 나무 위 집을 한번 쳐다보고 곧바로 나무를 타기 시작했다. 여기 있으면 적어도 한동안은 안전하리라. 스킨 패거리 가운데 누구도 거기까지 올라오지는 못한다. 스킨은 그곳을 패거리의 비밀 아지트로 사용하고 싶어했지만 루크는 그러고 싶지 않았다. 어디까지나 그곳은 자기 혼자만의 공간으로 남겨두고 싶었다. 나무 위 집은 그가 스킨 패거리와 어울리기 훨씬 전에 지은 것이고, 그는 다른 사람의 도움 없이 나무 위에 오를 수 있는 유일한 사람이다. 나무껍질은 매우 거칠 뿐만 아니라 손으로 붙잡거나 발을 디딜 만한 곳이 마땅치 않아 오르기가 만만치 않다. 하지만 루크는 아빠와 함께, 그리고 아빠가 돌아가신 후에도 혼자 몇 년 동안이나 나무를 탔기 때문에 손으로 붙잡거나 발을 디딜 만한 마디와 갈라진 틈을 속속들이 파악하고 있었다. 그가 줄사다리를 내려주지 않는 한 스킨 패거리는 밑에서 옴짝달싹 못한다. 유일한 애로사항이라면 그곳에 있는 한 공중에 갇혀 있어야 한다는 것이지만, 버티다 보면 스킨 패거리도 이내 지쳐서 집으로 돌아갈 것이다. 한동안 밑에서 욕지거리를 해대기는 하겠지만, 피할 수는 없어도 적어도 얼마 동안은 보복을 늦출 수 있을 터였다.

루크는 손발을 단단히 고정할 수 있는 깊숙한 지점을 찾아가며 나무몸통을 오르기 시작했다. 이미 사방이 어둠에 묻혔지만 그에게 디딜 곳을 찾는 것쯤은 식은 죽 먹기였다. 이 커다란 나무는 그에게 괴팍한 장난을 치면서도 절대 동생을 바닥에 떨어뜨리지 않는 거구의 형이나 마찬가지였다. 손 밑에서 느껴지는 나무껍질의 감촉은 따뜻했고 마음을 편안하게 해주었다. 가쁜 숨을 내쉬며 나무를 타는 내내, 혹시 발소리가 들리지는 않는지 귀를 기울였지만 주위는 온통 고요했다. 첫 번째 나뭇가지에 도착한 후 발의 방향을 돌려 몸을 끌어올린 후 어두운 나무 차양 안으로 기어 올라갔다.

올라가기 시작하나 싶더니 금세 나무 위 집에 도착했다. 그가 판자 위에 가까스로 몸을 부려놓자마자 밑에서 발자국소리가 들려 왔다. 그는 굳이 밑을 내려다보지 않았다. 보나마나 스킨과 다즈일 게 뻔했다. 스피드는 아마 숨을 헐떡이며 혼자 뒤늦게 나타날 것이다. 스킨이 이내 큰 소리로 루크를 불렀다.

"루크, 너 거기 있어?"

화가 난 목소리가 아니었다. 아주 상냥했다. 하지만 그게 속임수라는 걸 루크는 너무 잘 알고 있다. 스킨은 머리끝까지 화가 났지만 일단 그를 끌어내리는 게 급했다. 그러려면 이렇게 다정한 척이라도 해야 했다. 루크는 스킨의 목소리에 대답하지 않고 잠자코 침묵을 지켰다.

"루크! 내 눈에는 다 보인다니까!"

루크는 계속 침묵을 지켰다. 스킨이 부러 으름장을 놓고 있는 게 뻔했다. 땅에서 자기가 보일 리가 없다. 특히 이렇게 어두울 때는. 스킨 패거리는 루크가 거기 있을 거라고 확신했다. 혼자 있고 싶을 때면 루크는 언제나 오크 위의 집으로 숨어들었다. 스킨이 다시 소리를 질렀다. 이번에는 조금 화가 난 목소리였다.

"줄사다리를 내려! 어서!"

루크는 바로 옆에 돌돌 말려 있는 줄사다리를 흘끗 쳐다봤지만 대답은 하지 않았다. 대신 판자 사이 틈새에 눈을 갖다 댔다. 나무밑동 옆에 서 있는 스킨과 다즈의 모습이 어렴풋하게 보였다. 두 사람은 낮은 목소리로 이야기를 나누고 있었다. 스피드는 집에 간 모양인지 보이지 않았다. 잠시 후 스킨이 위를 올려다보며 말했다. 그의 목소리에는 악의가 고스란히 담겨 있었다.

"거기 숨는다고 피할 수 있을 거라고 생각하지 마. 우린 곧 다시 만나게 될 테니까."

두 사람은 방향을 틀어 발걸음을 마을 쪽으로 옮겼다. 루크는 잠시 동안 그 뒷모습을 바라보다가 그들이 갔다는 사실을 확인한 후 벌렁 드러누웠다. 그러고는 속살거리는 나뭇가지 사이로 하늘을 올려다봤다. 나뭇잎과 하늘의 색깔이 변하고 있었다. 달과 별의 조명 아래 나뭇잎은 녹색에서 회색으로, 푸른색에서 검은 색으로 시시각각 그 빛깔을 달리했다. 숲은 마치 잠을 자는 듯고요함에 잠겨 있었다. 그때 정적을 뚫고 울음 소리가 들렸다.

루크는 떨리는 몸으로 자리에서 벌떡 일어났다.

'어떻게 그 애 목소리가 여기까지 들리는 거지?'

그는 두려움이 가득했던 여자애의 얼굴을 떠올리며 다시금 죄책감을 느꼈다.

'그 집에 남아서 그 애에게 말을 걸어봤어야 하는 건데……. 내가 무슨 도움이 될 수도 있었을 텐데.'

그렇게 생각하다 보니 좋은 일을 해본 지도 참 오래된 것 같았다. 왜 그런지 몰라도 자기가 더 이상 착한 사람이 아닐지도 모른다는 생각이 들었다. 어쨌든 자신이 미란다 같은 사람이 아니라

는 건 확실했다. 미란다는 대부분의 사람들에게 친절하게 대한
다. 하지만 요즘 루크는 친절은커녕 상대방에게 말을 거는 것조
차 버거웠다.

루크는 점점 어둠에 잠겨드는 숲을 조용히 바라봤다. 그의 인
생은 온통 꼬여가고 있었다. 숙제도 안 하기 일쑤였고 공부에서
손을 뗀 지도 오래다. 학교에서는 선생님에게 예의가 없다고 벌
을 받았고, 엄마와 이야기를 할 때면 늘 뭔가가 삐걱거렸다. 스킨
패거리와 어울린다는 이유로 마을 사람들의 평판까지 나빠지고
있었다. 그런데 지금은 그 녀석들과도 틀어져버렸으니……. 피아
노 연주도 이제 더는 위로가 안 되는 것 같았다.

루크는 가장 가까이 있는 나뭇가지를 어루만지다가 손을 꽉
쥐었다. 나뭇가지에서 어떤 에너지가 흘러 그의 몸에 전해지는
것 같았다. 숨을 크게 내쉬고 다시 나뭇가지를 어루만졌다. 적어
도 나무는 그의 친구가 되어주었다. 특히 엄마와 멀어지고 있는
지금, 그는 친구가 절실했다. 다시 나무 밑을 내려다봤다. 나무밑
동 주변의 어둠은 그사이 더욱 짙어져서 분명하게 보이지는 않
았지만 스킨 패거리가 돌아갔다는 확신이 들었다. 이제는 그가
집으로 돌아갈 차례다. 루크는 눈살을 살짝 찌푸렸다. 어쨌든 앞
으로 벌어질 일에 대해서는 각오를 단단히 해두어야 했다.

내키지 않는 마음을 다잡으며 마지막으로 잠시 주변을 둘러보

왔다. 옆에 있는 나무는 아무 움직임이 없는데, 그가 올라 있는 오크 나뭇잎만은 밤하늘을 솔질이라도 하는 것처럼 가볍게 흔들렸다. 나뭇잎에서 시선을 거두고 발걸음을 밑으로 향했다. 나무껍질이 축축해져 있었다. 날이 어두웠기 때문에 내려가기가 조심스러웠지만 이 정도는 자신 있었다. 가장 낮은 나뭇가지에 도착해서 몸을 돌려 두 손으로 가지를 꼭 붙들었다. 그런 다음 오른쪽 다리로 나무껍질을 훑어 내리면서 발로 나무몸통에 도드라진, 그 익숙한 마디를 느꼈다. 마디는 어김없이 그 자리를 지키고 있었다. 상당히 미끄러웠지만 왼쪽 다리를 나무몸통에 걸치고 마디를 발가락으로 쿡쿡 찌르면서 아래로 더 내려갔다. 다음 마디는 왼쪽 아래로 몇 피트 떨어져 있는 데다 잘 보이지도 않았지만 오랫동안 연습을 해온 그에게는 어려운 일이 아니었다. 나무껍질에 닿은 볼이 쓰라렸지만 한 손으로는 나무몸통을 붙잡고, 다른 한 손으로는 머리 위에 있는 나뭇가지를 붙잡고 매달렸다. 그리고 숨을 천천히 여러 번 내쉰 뒤 나뭇가지에서 손을 뗀 다음 나무몸통만 꼭 붙잡고 땅 쪽으로 내려갔다.

조금만 더 내려가면 뛰어내릴 수 있는 높이에 도달할 것이다. 루크는 오른발로 나무몸통에 난 작은 틈들을 느끼며 서서히 아래로 내려갔다. 신발 앞부리를 나무틈새에 넣고 그쪽 다리에 몸무게를 실었다. 그때 어떤 손이 그를 나무에서 잡아당기는 것 같은 느낌이 들었다. 이 지점에만 오면 항상 그런 기분이 든다. 하지만 그건 나무가 그를 떼어내려고 하기 때문이 아니다. 그가 나무에서 떨어질까 봐 두려워하기 때문에 느끼는 감정이다. 그건 스스로도 잘 알고 있다.

그런 기분을 떨쳐내고 편안한 마음으로 아래로 더 내려가는데 신발 등에 거친 나무껍질이 느껴졌다. 여기쯤 오면 이제 거의 다 도착한 셈이다. 사방은 완전히 어둠에 둘러싸였다. 고개를 돌려 숲의 캄캄한 허공을 응시했다. 빈터 주변에 있는 나무들이 마치 파수병처럼 그를 지켜보는 것 같았지만 그는 금세 나무들에게서 시선을 거뒀다. 빨리 발을 땅에 디디고 싶었다. 나무에서 몸을 떼어내 땅바닥에 착지하니 눈앞에 마을로 돌아가는 길이 펼쳐졌다.

공기가 부드럽고 고요하게 느껴졌다. 주변에는 온통 깊은 정적만이 흘렀다. 이제 소녀의 울음소리도 들리지 않았다. 루크는 다시 몸을 돌려 나무를 쓰다듬으며 "잘 자" 하고 속삭였다. 그리고 몸을 돌려 마로니에 고목 옆을 지나는데, 누군가의 손이 불쑥 튀어나왔다. 그러더니 그를 덥석 잡아 땅바닥에 내팽개쳤다. 엎어진 그의 등 위로 으르렁거리는 스킨의 목소리가 들려왔다.

"야, 이 개자식아!"

스킨은 미처 움직일 새도 없이 루크를 덮치더니 그의 머리카락을 꽉 움켜쥔 후 근처 나무뿌리 부근에 머리를 갖다 박았다.

"이런 개자식!"

"스킨……!"

"나쁜 놈!"

스킨의 주먹이 루크의 볼을 가격했다. 루크의 머리가 나무둥치에 처박혔다. 머리를 부딪칠 때 보니 다즈가 옆 나무에 기대서서 그를 지켜보고 있었다. 이번에는 주먹이 턱으로 날아들었다. 머리를 다시 땅바닥에 부딪자 숨이 가빠왔다.

"스킨……."

그가 피로 흥건한 입을 열어 중얼거렸지만 주먹질은 멈추지 않았다. 스킨은 그의 머리카락을 움켜쥐고 얼굴을 위로 확 끌어올렸다.

"개자식! 현관문을 열어두기만 하면 됐는데 일을 다 망쳐놓다니! 그 할멈이 밖으로 나와야 집 안에 들어갈 수 있는데, 그런 기회가 언제 또 오냔 말이야. 빈집에서 넋이 나간 네놈 때문에 기다리면서 망이나 보는 짓거리를 또 해야 한다니."

"스킨, 내 말 좀 들어봐……."

루크가 급하게 숨을 들이마시며 말했다.

"그 부분은 내가 설명해줄게. 그곳은…… 그곳은 빈집이 아니었어."

"멍청한 소리 하지 마."

스킨이 머리카락을 어찌나 세게 쥐었는지 루크가 비명을 내질렀다.

"빈집이었어. 완전히 텅 빈 집이었다고! 안으로 들어가 뭐든 우리 맘대로 할 수 있는 빈집 말이야. 도난경보기도 켜져 있지 않았고."

"하지만 스킨…… 그곳은…… 빈집이 아니었어."

"자꾸 헛소리 할래? 그렇다면 대체 누가 있었는데?"

머리가 욱신거렸고 심장이 쿵쿵 뛰었다. 시야가 온통 흐릿해졌다. 스킨의 얼굴까지 점점 희미해졌다. 그 눈 속의 시커먼 불길만 보일 뿐. 스킨이 이를 악물고 말했다.

"누가 있었냐고?!"

루크는 뭐라고 말할지 필사적으로 생각했다. 다시 주먹이 날아오는 걸 막으려고 둘러댄 말은 확실히 효과가 있었다. 이제 스킨에게 그 소녀에 대해 말해주기만 하면 된다.

하지만 그럴 수가 없었다. 말하려는 순간 다시 주먹이 날아온 것이다. 스킨은 루크의 머리채를 잡고 흔들다가 그를 질질 끌어서 마로니에 몸통에 내리쳤다. 스킨의 흐릿한 얼굴 윤곽이 시야에 들어왔다.

"루크 스탠턴, 넌 오늘 못한 일을 다시 해야 할 거야. 아직 못 끝냈으니까. 전혀 못 끝냈으니까. 원하든 원치 않든 너는 날 도와야 해. 다른 일은 다 제쳐두고 내일 아침 만나. 그랜지로 가는 길 맨 위에서. 피하려고 발버둥쳐봐야 아무 소용없어. 결국은 우리 손에 잡힐 테니까!"

스킨은 루크의 얼굴을 잠시 내려다보더니 코웃음을 치면서 침을 뱉었다. 침이 루크의 뺨으로 흘러내렸다. 미처 침을 닦아내기도 전에 스킨이 장화 신은 발로 그의 가슴팍을 내리쳤다. 그가 할 수 있는 일이라고는 신음소리를 내며 공처럼 몸을 웅크리는 것뿐이었다. 뒤쪽에서 스킨과 다즈가 요란하게 사라지는 발소리가 들렸다. 저 멀리 숲 깊은 곳에서는 올빼미 우는 소리가 들렸다. 그러나 루크는 이 모든 소리를 들을 수가 없었다. 의식이 점점 더 그에게서 멀어지고 있었다.

3

정신이 들었을 때 루크는 몸을 공처럼 둥글게 만 채로 웅크리고 있었다. 마치 몸속에서 스킨이 계속 주먹질을 해대는 것처럼 머리가 지끈거렸고 온몸이 욱신욱신 아팠다. 나무뿌리, 나뭇잎, 잔가지, 이끼 긴 잔디 같은 게 단단한 요람처럼 그를 감싸고 있었다. 끙끙대며 팔다리를 뻗고 간신히 몸을 굴려 등을 땅에 댔다. 마로니에 가지가 얼굴 위에 드리워졌고 나뭇잎이 작은 유령처럼 움직였다. 숲이 무섭지는 않았다. 한 번도 그렇게 느낀 적이 없었다. 밤에 몰래 집을 빠져나와 이곳에 와서 오크를 올라간 적도 많다. 그때마다 저 높은 나무 차양 아래 앉아 주변의 소리에 귀를 기울이곤 했다. 아빠가 살아 계실 때에도 그랬지만, 돌아가신 후에는 그런 일이 더욱 잦아졌다. 가까스로 몸을 일으켜 세우는

데 갑자기 구토가 일며 다리가 휘청거렸다. 숲이 거칠게 뱅글뱅글 돌았다. 다시 주저앉고 싶은 기분을 꾹 누르며 그는 한동안 나무를 꽉 잡고 있었다. 조금씩 메스꺼움이 가시는 것 같았다. 빈터 저편에 있는 오크를 어둠 속에서 그윽이 바라보며 그가 중얼거렸다.

"두 번째 인사네. 잘 자."

루크는 마을을 향해 나무 사이를 천천히 걸었다. 머릿속이 욱신욱신 쑤셨고 스킨이 강타한 늑골에 통증이 느껴졌지만 적어도 부러진 곳은 없는 것 같았다. 주머니에서 손수건을 꺼내 얼굴을 지그시 눌렀다. 피가 얼마나 났는지 알 수는 없었지만 입과 코 주변에 피가 흥건한 것만은 분명했다. 왼쪽 볼은 손을 댈 수도 없을 만큼 아팠는데, 나중에 확실히 알게 되겠지만 멍이 든 모양이다. 그는 기진맥진해서 터벅터벅 길을 걸었다. 그리고 그 어느 때보다 앞일이 걱정되기 시작했다.

그때 소녀의 울음소리가 다시 들려왔다. 귓가에 맴도는 소녀의 목소리는 산들바람처럼 희미했지만 마치 자신의 숨소리처럼 분명하게 들렸다.

'이 아이는 누군데 이렇게 겁에 질려 있을까?'

이 울음은 리틀 부인과 관련이 있는 게 분명했다. 그 할멈이 소녀를 가두지는 않았다 해도 뭔가 끔찍한 짓을 한 게 아닐까? 루크는 경찰에 신고를 할까 하다가 곧 그 생각을 지워버렸다. 우선 그러려면 그 집에 소녀가 있다는 걸 자기가 어떻게 알았는지 말해야만 했고, 리틀 부인이 정말 나쁜 짓을 저질렀다는 증거가 없었으며, 마지막으로 그 소녀가 자기 상상 속에 존재하는 건 아닌지 의심이 들기 시작했기 때문이다. 이런 의심을 뒷받침이라도 하듯 소녀의 목소리는 잦아들었고 숲은 다시 고요해졌다.

루크는 익숙한 공터를 느릿느릿 걸어 마침내 큰길에 도착했다. 그러자 조금씩 마음이 안정되기 시작했다. 온몸이 욱신거렸지만 걷는 것만으로도 어느 정도 고통이 줄어드는 것 같았다.

숲가에서 잠시 발걸음을 멈추고 길옆을 수놓은 블루벨(종 모양의 푸른 꽃이 피는 식물)의 향기를 들이마셨다. 산들바람이 희미하게 불어왔지만 밤공기는 따뜻했다. 성령강림절이 벌써 코앞에 닥쳤고 하딩 선생님의 연주회 날짜도 얼마 남지 않았다. 시간이 이렇게 빠르게 흐른다는 사실이 믿기지 않았다. 올해 연주회에도 참가한다고 약속한 게 후회됐지만 지금은 그런 생각을 할 겨를이 없었다. 그저 침대로 기어들어가 이불을 머리끝까지 뒤집어쓰고 잠을 자고 싶을 뿐이었다. 지금 들어가면 엄마가 이 모습을 보고 분명히 꼬치꼬치 캐물을 게 뻔했지만 아무런 설명도 아무런 얘기도 하고 싶지 않았다. 모두 잊어버리고 잠만 자고 싶었다. 적어도 다음 날까지는.

그는 숲을 빠져나와 오솔길을 터벅터벅 걸어 넛부시 길에 이르렀다. 이제 조금만 더 가면 마을이다. 극도의 피로와 통증이 몰려왔다. 그냥 바닥에 쓰러져 쉬고 싶은 마음이 굴뚝같았다. 그렇게 간신히 발걸음을 떼면서 운동장을 지났고 이윽고 로저 길모어 씨의 집으로 이어지는 길에 당도했다.

그 집은 무지개다리 근처 산기슭에 자리를 잡고 있었다. 루크는 그 집을 기분 나쁜 표정으로 내려다봤다. 스토니힐코티지. 금방이라도 쓰러질 것 같이 낡은 작업장, 그리고 지저분한 단층집이 보였다. 숲에서 가져온 잔가지로 희한한 조각을 만들고, 그가 원하지 않는데도 불구하고 계속해서 오크 나무 주변에 출현하는 한 남자가 사는 이상한 집이다. 물론, 루크가 길모어 씨를 싫어하는 이유는 그뿐만이 아니었다.

놀이터 옆에 있는 곳까지 계속해서 걷다가 아까처럼 다리가 휘청거려 다시 걸음을 멈췄다. 다즈의 집이 보였다. 커튼이 드리워 있고 불빛이 없는 것으로 보아 다즈는 스킨네 집에 가고, 부모님은 모두 토비저그에 간 모양이다. 아래쪽에 있는 스피드네 집에서는 텔레비전 소리가 새어 나왔다. 루크는 스피드네 거실 창을 가만히 쳐다봤다. 창유리에 등을 기대고 선 스피드웰 씨의 모습이 보였다. 스피드나 스피드네 엄마, 누나는 없었다. 침실에 불이 켜진 걸 보니 스피드는 컴퓨터 게임을 하고 있는 모양이다.

루크는 잠시 동태를 살피다 낮은 울타리를 타고 앞뜰로 넘어갔다. 그리고 집 가장자리를 빙 돌아서 슬그머니 수도꼭지로 다가갔다. 다행히 텔레비전에서 요란한 음악소리가 흘러나오고 있었다. 수도꼭지를 살짝 틀자 쉿소리가 났다. 스피드네 사람들은 아무 소리도 듣지 못한 것 같았다. 수도꼭지를 조금 더 돌리자 쉿소리가 멈추고 물이 만족스럽게 콸콸 흘러나왔다. 루크는 손을 동그랗게 모아서 물을 받아 철벅거리며 얼굴을 적셨다. 피 묻은 부분이 심하게 쓰라렸지만 기분은 한결 상쾌해졌다. 누군가 다가오지는 않을까, 텔레비전이 꺼지지는 않을까 싶어 계속 귀를 기울이며 가능한 한 깨끗이 얼굴을 씻어냈다. 마지막으로 물을 조금 마시고 수도꼭지를 잠근 후 셔츠 끝자락으로 얼굴을 닦고서 다시 살금살금 걸어 길 쪽으로 나갔다. 돌아보니 이제는 거실 커튼이 쳐져 있었다.

루크는 마을광장으로 발걸음을 재촉했다. 광장 도처에는 자동차가 주차되어 있었다. 선술집 토비저그에서는 누군가 〈올드 맨 리버Old Man River〉를 음정도 맞지 않게 부르는 소리가 희미하게 들려왔다. 토비저그는 미란다의 부모님이 운영하는 가게인데, 오늘 밤에는 손님이 많은 모양이다. 그는 광장을 가로질러 초등학교를 지나 길을 내려갔다. 이제 한계인지 침대에 눕고 싶다는 생각만 간절했다. 하지만 그 전에 우선 스킨의 집을 지나가야 했다. 스킨네 집 대문 가까이 도착해서 속도를 늦췄다. 그러다 빈 차고를 보고 순식간에 마음이 놓였다. 스킨의 침실 불은 켜져 있었고 커튼은 쳐져 있었다. 다즈도 거기 있는지, 있다면 둘이서 무슨 이야기를 나눌지 궁금했다. 그리고 오늘 밤 스키너 씨가 선술집에서 비틀거리며 돌아오면 무슨 일이 벌어질지도 궁금했다. 하지만 그건 스킨의 문제지 그의 문제는 아니었다. 루크는 길을 따라 내려가다가 왼쪽에 빌 폴리 씨 농장이, 오른쪽에 자신의 집이 보이자 걸음을 멈췄다. 더 이상 집처럼 느껴지지 않는 이 집의 이름이 헤이번(안식처)이라니 정말로 우습다고 생각했었는데 이번만은 그런 생각을 하지 않았다. 그저 물끄러미 집을 바라보기만 했다. 거기로저 길모어 씨의 자동차가 떡하니 주차되어 있었다.

루크는 자동차 쪽으로 걸어가 다시 집을 쳐다봤다. 아래층 불은 켜져 있었지만 안에서는 아무런 소리도 들리지 않았다. 그러다 언뜻 소리가 들렸는데 그 소리는 낮게 웅얼거리다 이내 조용해졌다. 귀를 기울였다. 소리는 현관문 부근에서 들렸지만 시야가 가려져 아무도 보이지 않았다. 하지만 거기 있는 사람이 누구고, 뭘 하고 있는지는 눈으로 확인하지 않아도 알 수 있었다. 이번에는 대화하는 목소리가 또렷하게 들려왔기 때문이다.

"로저 씨, 고마워요."

엄마의 목소리다.

"뭐가요?"

"이해해줘서요."

"뭘요. 전 이만 가보겠습니다."

"그래요……, 잘 가세요."

"잘 있어요, 커스티."

한동안 침묵이 흘렀다. 루크는 저도 모르게 두 주먹을 불끈 쥐었다. 그 침묵이 무엇을 의미하는지 알았기에…….

잠시 후 엄마가 다시 말했다.

"잘 자요."

"잘 자요."

다시 침묵이 흐르다가 현관문이 닫히는 소리와 함께 발소리가 들렸다. 루크는 집을 바라보던 얼굴을 홱 돌렸다. 잠시 후 대문이 딸깍하고 열리고 그토록 싫어하는 목소리가 들려왔다.

"거기 있는 거, 루크니?"

"그럼 누구라고 생각했는데요?"

루크가 얼굴을 찌푸리며 돌아보았다. 길모어 씨는 마치 도둑질을 하다 들킨 소년처럼 부끄러운 표정을 지었지만 이내 한쪽 입매를 올리며 미소를 지었다. 루크는 어둠 속에서 그 미소를 보았다.

"미안. 잠시 못 알아봤구나. 괜찮니?"

"괜찮지 않을 이유가 있나요?"

"유스 클럽(청소년들의 여가활동을 위한 클럽)에서 너무 늦게 왔구나. 엄마가 걱정 많이 하셨어."

"방금 전까지만 해도 전혀 그렇지 않으신 것 같던데요."

길모어 씨는 시선을 밑으로 돌렸다. 어떻게 해야 할지, 무슨 말을 해야 할지 몰라 하는 눈치였다. 루크는 그를 잠시 더 쳐다보다

가 어깨를 으쓱하고는 대문으로 걸어갔다. 길모어 씨가 루크의
뒤통수에 대고 인사를 건넸다.

"잘 있거라, 루크."

그러나 루크는 아무 대꾸도 하지 않고 그대로 집으로 걸어가
열쇠로 문을 열고 안으로 들어갔다.

4

루크가 집 안으로 들어서자 엄마가 현관 마루로 달려 나왔다.

"많이 늦었구나. 어디에 있다가……?"

엄마는 말을 멈추고 루크를 훑어봤다.

"너, 싸웠구나!"

"얘기하고 싶지 않아."

"루크…….'

"아무 말도 하기 싫다니까!"

엄마가 한 발짝 다가가자 루크가 한 발짝 물러섰다. 엄마는 걸음을 멈추고 아들을 계속 훑어보았다.

"루크. 도대체 무슨 일이야?"

"엄마랑 또 싸우기 싫어."

"나도 그러기 싫어."

"그럼 됐네."

"하지만 무슨 일이 있던 거니? 말 좀 해봐. 말을 해야 알지."

루크는 계단 쪽으로 시선을 돌렸다. 그저 침대에 누워서 모든 것을 잊고 잠들고만 싶었다. 이 상황, 이 순간이 견딜 수 없이 싫었다.

"누가 널 때렸니?"

루크는 대답하지 않았다. 엄마가 다가와 그의 손을 잡았다.

"그럼, 그 얼굴만이라도 어떻게 좀 해보자."

엄마는 루크를 부엌으로 데리고 가서 식탁 앞에 앉혔다. 그는 그냥 엄마가 하는 대로 내버려두었다. 엄마가 얼음주머니 두 개를 가져와 행주로 싼 다음 그에게 건넸다.

"이걸 두 뺨에 갖다 대거라. 눈 밑에서부터 말이야. 눈 밑이 벌써 부풀어 오르기 시작했어."

루크는 얼음주머니를 얼굴에 갖다 대고 문질렀다. 쓰라리고 얼얼한 고통이 한차례 지나가자 기분이 한결 나아졌다. 엄마는 눈살을 찌푸리며 그를 바라보다가 얼음주머니가 닿지 않은 부분을 손가락으로 원을 그리듯이 조심스럽게 눌러주었다. 그러자 루크는 참지 못하고 의자를 홱 돌렸다.

"부러진 데 없어. 그렇게 호들갑 떨지 않아도 된다고."

"호들갑 떠는 게 아니야. 괜찮은지 보려는 거지."

엄마는 계속해서 아들의 얼굴을 살폈다.

"코와 입 주변에 피가 묻었어. 물로 씻어내야겠다. 왼쪽 눈 주변은 멍이 심하게 들었구나. 머리도 욱신거리니?"

"어어."

"그렇구나, 엄마가 진통제 줄게."

"괜찮아, 필요 없어."

"그냥 좀 도와주려는 거야."

"알아. 알지만 필요 없다고."

"차로 응급실에 데려다줄까?"

"아니."

"엄만 괜찮으니까 병원에 갔으면 좋겠는데……."

"가기 싫어. 그런 거 다 필요 없다니까. 말했잖아, 괜찮다고."

"알았다. 네가 정 그렇다면."

엄마는 구급상자에서 탈지면을 꺼내 뜨거운 물에 적신 후 코 주변의 피부터 닦아냈다.

"그래, 누가 너를 이 지경으로 만든 거니?"

"말했잖아. 그 얘긴 하기 싫다고."

"왜?"

"엄마가 감정적으로 변해서 결국 또 싸우게 될 테니까."

"서로 싸우지 말자고 약속하면 되잖아."

엄마는 탈지면을 더 뜯어내 물에 적셔 피를 계속 닦아냈다.

"어쨌든 싸우지 말자. 우린 악몽 같은 2년을 보냈어. 서로 합심
해야지. 영국인들은 원래 잘 그러잖니?"

"엄마가 그걸 어떻게 알아? 엄만 노르웨이 사람이잖아."

"루크!"

엄마는 주춤하면서 아들을 물끄러미 쳐다보며 말했다.

"엄만 노력하고 있어……. 정말로 애쓰고 있다고……, 어떻게
든 상황을 개선하려고 말이지. 나와 타협할 수는 없는 거니?"

그는 대답을 할 수 없어 시선을 바닥으로 내리깔았다. 엄마는
계속 피를 닦아냈고 아들의 얼굴을 자세히 살펴보면서 걱정스럽
게 말했다.

"이건 너무했다. 너무 심하게 얻어맞았어."

"그렇게 보이는 것뿐이야. 괜찮아."

"네 얼굴을 보기는 한 거야?"

엄마의 그 말에 흘끗 거울을 쳐다봤다. 그 속에 비친 자기 모습
에 저절로 인상이 구겨졌다. 스킨이 정말 흠씬 패놓은 모양이다.
특히 왼쪽 뺨을. 아마 아침이 되면 멍이 시커멓게 커져 있을 것이
다. 엄마는 탈지면으로 계속 아들의 얼굴을 닦아내며 물었다.

"유스 클럽에서 누구랑 같이 있었니?"

루크는 대답하지 않았다. 다시 그 소녀가, 소녀의 얼굴과 목소
리가, 소녀의 고통이, 그랜지에서 마치지 못한 임무가, 그리고 스
킨이 생각났다.

"루크?"

엄마의 목소리에 루크는 현실로 돌아왔다.

"유스 클럽에서 누구랑 같이 있었냐니까?"

루크는 자기 얼굴을 유심히 쳐다보는 엄마의 눈에서 의혹이 점점 커지는 것을 보았다.

"저녁 때 유스 클럽에 간 거 아니니?"

"갔지."

루크는 당연하다는 듯 대답했다. 하지만 엄마가 사실을 확인하는 게 얼마나 쉬운 일인지 깨닫고 이내 다시 중얼거렸다.

"아니, 안 갔어."

"안 갔다고?"

"응."

"그럼 어디에 갔는데?"

"아무 데도 아니야."

"숲에 갔니?"

"아니."

"정말? 또 나무 타러 간 거 아니고?"

"안 갔어."

"하긴 그러지 않겠다고 약속했으니까. 특히 그 오크에 말이야. 워낙 위험한 나무라야 말이지."

"숲에 안 갔다니까."

"그럼 어디 갔는데?"

"별 곳 아니라고 했잖아."

"그래도 어디든 갔다 왔을 거 아니냐고."

그는 팔짱을 낀 채 잠자코 있었다. 엄마가 그런 그를 쳐다보며 양미간에 힘을 주었다.

"어디에 갔었는지, 누가 널 때렸는지 왜 말을 안 하는지 모르겠구나."

이번에는 한 걸음 물러서서 한동안 아들의 얼굴을 가만히 내려다봤다.

"설마 너 또 제이슨 스키너와 함께 있었던 건 아니겠지."

엄마는 아들의 얼굴을 잠시 관찰하더니 이내 한숨을 쉬었다.

"같이 있었구나."

"그랬을 수도 있고."

"그렇다는 뜻으로 받아들이마. 또 누가 같이 있었는지 짐작이 가는구나. 대런 피셔도 있었지?"

"아마도."

"바비 스피드웰도 있었고?"

"아마."

"완전히 삼인조 불량배들인데."

엄마가 인상을 찌푸리며 물었다.

"그건 너도 잘 알고 있겠지. 그래, 그래서 누가 널 때렸니?"

"그게 뭐가 중요해!"

"누구냐니까?"

"엄마, 제발!"

그가 엄마를 노려보다가 맥이 풀렸다는 듯 말을 뱉어냈다.

"스킨이야, 됐어?"

"그 애를 꼭 그렇게 불러야겠니?"

"어떤 이름으로 부르든 무슨 상관이야?"

루크는 자제심을 잃고 소리를 버럭 질렀다.

"스킨, 다즈, 스피드! 이건 모두 그냥 별명이라구! 노르웨이에
는 별명도 없어?"

하지만 그는 발끈한 것을 곧바로 후회하기 시작했다. 이제 이
런 이야기는 그만 나누고 싶었다. 루크는 최대한 목소리를 누그
러뜨리며 말을 이었다.

"엄마, 이제 그만하면 안 돼? 스킨하고 말다툼 좀 하다가 얻어
맞았는데 지금은 다 해결됐어. 이제 됐지? 엄마가 그 문제를 가
지고 스킨이나 스킨 가족을 찾아가서 뭐라고 하지 않았으면 좋
겠어. 특히 스킨네 아빠한테 말이야. 알았지?"

엄마는 아무 말 없이 얼굴을 돌렸다. 루크는 엄마와 친구처럼
지내던 때를, 엄마의 따뜻한 마음과 밝은 성격을 떠올렸다. 그리
고 엄마를 매력적으로 생각하는 남자들이 많다는 사실을 자랑스
러워했던 그때를 떠올렸다. 하지만 그때는 모든 것이 안정되어

있던 시절, 그러니까 아빠가 죽어버리기 전, 로저 길모어 씨가 마을에 나타나 엄마의 삶에 끼어들기 전, 분노와 반항심과 증오가 그에게 독처럼 퍼지기 전이었다. 그리고 옛 친구들이 험악하게 변한 자신을 떠나기 전이었고, 지금은 너무 무서워서 멀어질 수도 없는 스킨 패거리에게 의지하기도 전이었다.

"도대체 너한테 무슨 일이 있는 거니?"

엄마가 물었지만 루크는 대답하지 않았다.

"루크?"

"왜?"

"너한테 무슨 일이 있는 거냐니까?"

"무슨 소리 하는 거야. 무슨 말인지 모르겠어."

"넌 저녁마다 밖에 나가잖니. 그러다 쥐도 새도 모르게 기어들어오고. 뭘 하고 다니고 누구랑 어울리는지 얘기하려 들지도 않아. 내가 묻기라도 하면 쌀쌀맞게 대답하거나 아예 입을 꾹 다물어버리지. 나한테만 그러는 거라면 괜찮아. 그런 태도가 마음에 들지 않기는 하지만 그럭저럭 넘어갈 수 있단 말이야. 그렇지만 넌 마을 사람들한테도, 학교 선생님이나 친구들한테도 무례하게 굴잖아. 숙제를 하기를 하나, 그렇다고 수업시간에 열심히 하기를 하나……."

"음악은 열심히 하잖아."

"그건 중요하지 않아."

"왜?"

"왜 그런지는 너도 알잖아."

"아니, 난 모르겠는데."

그는 자기가 말하면서도 그게 거짓말이라는 걸 알았다.

"그건 네가 음악을 열심히 할 필요가 없기 때문이야. 넌 음악에 천부적인 재능이 있어. 그건 타고난 거야. 넌 그쪽 분야에서 원하는 건 뭐든 할 수 있어. 하딩 선생님도, 페리 선생님도 그러셨어. 네 아빠도 그렇게 말했고. 넌 작곡가도 지휘자도 될 수 있고 아빠처럼 피아니스트가 될 수도 있어. 하딩 선생님이 지난주에 그러시더구나. 지금껏 보아온 아이 가운데 네가 음악적 재능이 가장 뛰어나다고 말이야. 그분이 평생 얼마나 많은 아이를 가르쳤는지 생각하면 그건 굉장한 말이야. 루크, 너한텐 정말 특별한 재능이 있어. 그런 재능은 잘 키워야 하는 거란다."

엄마는 아들을 유심히 쳐다보며 말했다.

"음악적 재능은 아빠가 네게 물려준 가장 값진 선물이야."

"아빠가 내게 준 가장 값진 선물은 바로 아빠, 그 자체야."

루크는 바닥을 내려다보며 아빠의 얼굴을 떠올렸다. 엄마가 루크의 팔을 부드럽게 붙잡았다.

"루크, 힘들다는 거 알아. 아주 잘 안다고. 하지만 내 말은 거짓말이 아니야. 그 재능은 네가 받은 선물이야. 그리고 그건 네 아빠한테도 있었고 너한테도 있어. 그걸 썩히면 안 돼."

"썩히지 않아."

"넌 그러고 있어. 연주도 그만뒀잖니. 피아노 연습도 거의 하지 않고. 실력을 키울 생각조차 하지 않잖아. 아빠가 돌아가시고 넌 네가 하던 모든 일을 멈췄어······."

루크는 엄마를 올려다보며 말했다.

"이 얘기는 더 하고 싶지 않아. 그리고 난 연주를 그만둔 게 아니야. 피아노 연습도 계속 하고 있다고."

"가끔 하지."

"학교에서 페리 선생님이 내주는 과제는 모두 해. 어찌나 쉬운지 지루해 죽을 지경이지만. 하딩 선생님의 피아노레슨도 계속 받고 있고. 선생님의 은퇴기념 연주회에 참가하기로 바보같이 약속도 했단 말이야."

"그건 나도 알아. 그래서 엄마는 기쁘단다. 정말로 기뻐."

"그럼 뭐가 문제야?"

"우리 둘 다 뭐가 문젠지는 잘 알잖아."

"난 전혀 모르겠는데."

루크는 다시 거짓말을 했다. 표정을 보니 엄마도 그게 거짓말이라는 사실을 아는 것 같았다.

"루크, 다음에 우리 한번 진지하게 얘기해보자. 아빠 얘기 말이야."

"아니, 그러고 싶지 않아."

"하지만 루크……."

"싫다고! 싫단 말야."

루크는 엄마를 노려봤다.

"내가 준비될 때까지 그 얘기는 강요하지 않겠다고 했잖아."

"하지만 그게 벌써 2년 전이야."

"그래서?"

루크가 참지 못하고 다시 소리를 질렀다.

"그게 무슨 상관인데?"

그렇게 말을 뱉어놓고 그는 다시 후회했다. 이렇게 버릇 없이 말하는 게 아닌데……. 뭔가 할 말을 생각하려 애쓰고 있는데, 엄마가 먼저 주섬주섬 말을 꺼냈다. 두려움이 담긴 작은 목소리로.

"넌 지금 엄마를 아주 하찮게 생각하는구나. 난 말이지……."

엄마는 천천히 숨을 내쉬며 말을 이었다.

"난 그저 너와 나 모두에게 필요한 일을 하려고 노력하는 거야. 그리고…… 이 말은 꼭 해야겠구나. 언젠가는 아빠에 관한 이야기를 꼭 해야 한다고 생각해. 마냥 덮어두기만 하면 우리는 절대 이 문제를 극복할 수 없어."

"우리라고?"

"그래, 우리."

이번에는 엄마의 목소리에서 노여움이 느껴졌다. 엄마는 눈을 가늘게 뜨며 말했다.

"넌 정말로 아빠의 죽음으로 상처받은 사람이 너 하나밖에 없다고 생각하니?"

"아니, 그렇게 생각하지는 않아."

그가 마지못해 대답했다.

"나 역시 지금까지 너무 힘들었어."

"방금 전 현관 앞에선 그렇게 힘들어 보이지 않던걸."

엄마는 잠시 아들을 빤히 바라보다가 돌연 몸을 돌려 창가로 걸어가 커튼을 젖혔다. 창문 너머에는 별빛이 반짝이는 밤하늘이 펼쳐져 있었다. 그리고 마음을 가라앉히려는 듯 천천히 숨을 내쉬며 한동안 바깥을 응시하다가 입을 열었다.

"오늘 밤에는 싸우지 않겠다고 다짐했었어. 수많은 밤 가운데 오늘 밤만큼은 말이야."

"그게 무슨 뜻이야?"

"신경 쓰지 마."

엄마는 계속 창밖을 바라보며 말했다.

"정말 아름답구나. 어려서 노르웨이 북쪽지방에 살 때 여기 이 자리처럼 엄마가 좋아하는 장소가 있었어. 협만 위에 높이 자리한 언덕이었는데 영국인이었던 할머니는 자주 나를 그곳에 데려가주셨어. 거기서 함께 별을 보았지. 지금도 그 시절의 밤이 기억나. 내게 별 하나하나를 가르쳐줄 때의 할머니 얼굴도 생각나고."

엄마는 잠시 아무 말 없이 별을 바라보다가 다시 말을 이었다.

"있잖아, 오늘 엄마는 저녁이 되기 전까지는 사실 행복했어. 날이 어두워지고 네 걱정을 하기 전에 말이야. 믿기지 않았지. 아주 오랜만에 작은 행복감을 느꼈어. 잠시 동안이었지만."

"그 아저씨가 결혼하자고 했구나?"

"질문이니, 비난이니?"

"그게 무슨 상관이야?"

루크는 엄마가 몸을 돌려 자기를 쳐다보길 바라며 물끄러미 엄마를 바라봤다. 그렇지만 루크의 마음을 모르는 엄마는 계속 창밖만 내다볼 뿐이었다.

"정말 그랬구나?"

루크가 물었다.

"그래."

"그래서 뭐라고 했어?"

"생각해보겠다고 했어."

루크는 여전히 엄마를 바라보았고, 엄마는 계속 창밖을 내다봤다. 창문 너머 어둠속에 자리한 이런저런 형상이 그의 눈에 들어왔다. 뜰 아래쪽에 있는 창고와 장식용 풍차와 자작나무의 윤곽이 보였다. 그는 자신의 나무이자 친구인 거대한 오크를 떠올리면서, 지금 그 위에 편히 누워 숲에서 들리는 밤의 노래를 듣고 싶다고 생각했다. 하지만 침대에 기어들어가고 싶은 마음이 더 간절했다. 저도 모르는 사이 하품이 새어나왔다.

"생각할 것도 없잖아. 엄마도 그 아저씨랑 결혼하고 싶은 거잖아."

"내가 결혼하는 게 싫으니?"

"그게 나랑 무슨 상관이야?"

"너랑 전적으로 상관있지."

"아니, 그렇지 않아. 나랑은 아무런 상관도 없어."

엄마는 갑자기 몸을 돌려 아들을 쳐다봤다.

"루크, 이건 너와 상관있어. 어떻게 네 동의도 없이 이렇게 중요한 결정을 내릴 수 있겠니. 그럴 수 없어, 넌 나의 전부니까."

"아니, 그건 아닌 것 같은데. 엄마한텐 나 말고도 길모어 아저씨가 있잖아."

"로저라는 이름을 놔두고 왜 성을 부르니. 그냥 편하게 불러."

루크의 몸이 갑자기 굳어졌다. 정적을 뚫고 소녀의 울음소리가 다시 들려왔다. 진짜 목소린지, 아니면 상상 속의 목소린지 이번에도 아리송해 신경이 곤두섰다.

"왜 그러니? 그렇게 긴장한 표정을 짓고."

"아무것도 아냐."

"하지만 루크……."

"아무것도 아니라니까!"

그는 계속해서 들려오는 울음소리를 마음에서 떨쳐내려 애쓰며 말했다.

"신경 쓰지 마. 그리고 로저 길모어 아저씨랑 결혼해. 엄마가 원한다면."

엄마가 그에게 다가와 어깨에 손을 얹었다.

"그 사람을 왜 이렇게 싫어하는 거니? 너한테서 나를 빼앗아 갈까 봐 그러는 거니, 아니면 그냥 네 아빠가 아니라서 그런 거니?"

"내가 언제 그 사람을 싫어한다고 했어?"

"사실이잖아."

"그런 말, 한 적 없어."

"이렇다 저렇다 말로 하지는 않았지. 하지만 은연중에 확실하게 드러내고 있어, 정말이야."

그는 어깨를 들썩여 엄마의 손을 치우고는 자리에서 일어났다. 이제 그만 부엌에서 나가야 했다. 몹시 피로한 데다 화가 치밀었고 통증 때문에 괴로웠다. 더 있다가는 다시 날 선 말이 튀어나올 것 같았다. 그런 말로 엄마를 울리고 항상 그렇듯이 결국에는 스스로를 혐오하게 될 것 같았다.

"이제 그만 자러 갈게."

"사랑한다, 루크."

"알았어요, 알았어."

그는 부엌에서 성큼성큼 걸어 나가 문을 닫고 벽에 기대섰다. 하지만 소용없는 일이었다. 이미 문 안쪽에서 엄마가 코를 훌쩍이는 소리가 들렸다. 그는 몸을 돌려 힘주어 부엌문을 다시 열었다. 엄마는 눈물을 흘리며 식탁 의자에 앉아 있었다.

"저기, 엄마……."

한쪽 발을 안으로 들여놓으며 그가 말했다.

"이 결혼에 대해서는 지금 당장 뭐라고 말을 못하겠어. 생각할 게 너무 많아."

"그래, 알았다."

엄마는 손수건을 꺼내 눈물을 훔쳐냈다.

"내가 아빠를 배신했다고 생각해서 그러니?"

"그 부분은 얘기하지 않기로 했잖아."

"그래, 알았어. 로저 씨 얘기도 하지 말고 아빠 얘기도 하지 말고. 네가 원하는 게 그거니?"

엄마의 목소리는 어찌나 가냘픈지 간신히 들렸다.

"응."

"알았다."

엄마는 눈물을 다시 훔쳐내고 억지로 미소를 지었다.

"솔직하게 말해줘서 고맙다."

"난 이만……."

그가 어깨를 으쓱하며 말했다.

"안녕히 주무세요."

"잘 자거라."

루크는 문을 닫고 나와 위층 방으로 올라갔다. 걷는 내내 울음소리가 들려왔다. 엄마의 울음소리와 소녀의 울음소리가. 지금 그는 눈물의 세계에 살고 있다. 함께 울고 싶었지만 그럴 수가 없었다. 눈물은 이미 오래전에 말라버렸고 이제 마음마저 그의 인생만큼이나 버석하게 메마른 듯했다. 그는 방에 도착해 문을 열고 걸음을 멈췄다. 눈을 지그시 감고 벽에 기대 귀를 기울였다. 정적을 비집고 어떤 소리가 들려왔는데 울음소리는 아니었다.

아래층 음악실에서 들려오는 피아노 소리였다. 루크는 눈을 감은 채 소리에 집중했다. 실로 오랜만에 듣는 엄마의 연주였지만, 그는 그게 어떤 곡인지 단번에 알아차렸다. 이전에는 그도 자주 쳤던 곡이다. 엄마가 좋아하는 작곡가 그리그의 〈숲의 평화 Peace of the Forest〉다. 다시 들으니 기분이 좋았다. 멀리서 울리는 종소리를 연상시키는 화음이 흘러나오다가 뒤이어 부드러운 멜로디가 따라 나왔다. 그는 리듬감이 느껴지는 느린 저음에 맞춰 왼손을 위아래로 까딱거렸고 오른손으로는 연주하는 흉내를 냈다. 그러자 사방에서 온통 종소리가 들려왔다. 숲에서 울리는 종소리가. 엄마가 연주를 하는 동안 그의 마음에 온갖 영상이 가득 차올랐다. 버클랜드 숲과 짙푸른 나무 차양, 이슬에 젖어 함초롬한 나뭇잎과 나무 꼭대기로 눈부시게 쏟아지는 햇빛, 그리고 놀랍게도 소녀의 얼굴과 햇빛을 받아 반짝거리는 검은 머리카락까지. 소녀는 겁에 질린 얼굴이 아니었다. 소녀는 웃으며 노래를 부르고 있다. 그는 소녀와 함께 음악이 흐르는 숲에 있었다.

악보를 넘기는지 잠시 곡이 중단되더니 첫 부분과 똑같은 화음이 이어졌다. 중심 멜로디가 다시 들리자 숲속의 나무와 소녀의 얼굴에 햇빛이 내리쬐던 영상이 되살아났다. 루크는 어느새 높다란 오크와 산들바람에 흔들리는 나무 위 집을 보고 있었다. 연주는 한동안 활기찬 느낌으로 이어지다가 마지막 부분에 가까워지자 한결 부드러워졌다. 마지막 소절이 잔잔하게 연주되자 그의 마음속에서 소녀의 얼굴이 점차 사라졌다. 하지만 숲의 영상은 그대로 남았다. 화음은 부드러워지고 점점 더 고요해지다가 이윽고 잠잠해졌다.

루크는 방으로 스르르 들어가 문을 닫은 후 옷을 벗고 침대로 기어들어갔다. 그리고 불을 끄고 누워 천장을 바라봤다. 빌 폴리씨 농장 어딘가에서 올빼미 우는 소리가 들리다가 이내 잠잠해졌다. 음악소리는 이제 들리지 않았다. 그 대신 계단을 오르는 발자국소리가 들렸다. 그 소리는 계단참까지 이어지다가 그의 방 앞에서 멈췄다. 눈을 감고 방 문이 열리거나 엄마가 그의 이름을 부르기를 기다렸다. 하지만 발자국소리는 계단참을 가로질러 이어졌고 잠시 후 엄마 방의 문소리가 들렸다. 그리고 다시 정적이 찾아왔다. 오크 고목의 나뭇가지가 바람에 흩날리는 영상이 머릿속을 떠도는 가운데 루크는 아슴아슴 잠에 빠져들었다.

하늘을 나는 꿈을 또 꾸었다. 아빠가 돌아가신 후 자주 이런 꿈을 꾼다. 그런데 그게 꿈이라고 항상 생각하면서도 과연 꿈이 맞는지 의심스럽기도 했다. 아주 생생한 데다 스스로를 또렷하게 의식했기 때문에 때로는 깨어 있는 게 분명하다고 확신했지만 모든 것이 이상하게 느껴졌다. 꿈은 항상 그렇듯 그가 숲의 바닥, 그러니까 오크 고목의 밑동에 등을 대고 누워 나무 차양을 통해 청명한 하늘을 바라보는 것으로 시작됐다. 그렇게 시작된 꿈에서 그는 몸이 점점 가벼워지는 기분을 느꼈다. 그리고 이내 어찌나 가벼워졌는지 두 팔을 벌리기만 해도 부드럽게 몸이 한 번 떨리면서 공중으로 둥실 떠올랐다.

마치 무거운 껍질을 벗어던진 것처럼 가벼워진 몸으로 그는 나무밑동 쪽으로 움직였다. 나무껍질을 만지려고 손을 뻗은 순간 빛이 어룽거리더니 갑자기 나무뿌리와 밑동이 열렸다. 그는 따뜻하고 컴컴한 나무 속 통로로 날아 들어가 나무 꼭대기에 오르려고 애를 썼다. 마침내 통로를 통과한 후 그는 나뭇잎을 옆으로 밀쳐내면서 높이, 더 높이 날아 올랐다. 그리고 그가 존재했던 모든 공간을 떠나 자신을 기다리는 별을 향해 나아갔다. 별은 낮인데도 하늘에 떠 있었고 그 빛이 어찌나 밝은지 태양 빛을 무색하게 만들었다. 그리고 이제 그는 더 이상 혼자가 아니었다. 아빠가 그와 함께 날고 있었고, 눈에 보이지는 않지만 자신을 둘러싸고 있는 어떤 신비한 존재를 느낄 수 있었다. 누군지는 모르겠지만 아주 친숙한 존재였다. 그들은 별을 향해 높이, 더 높이 함께 날아

올랐고 결국에는 그 빛이 너무나 찬란해서 모두가 빛 속에 녹아
드는 것 같았다.

루크는 요란하게 우르릉거리는 소리를 듣고 눈을 떴다. 그는
침대에 반듯하게 누워 있었고 주변은 온통 어둠에 싸여 있었다.
숨이 가빴고 몸이 떨렸으며 스킨에게 얻어맞은 얼굴과 옆구리에
서 깊은 통증이 느껴졌다. 가만히 누워 한참 동안 천장을 응시했
다. 그러고 있으니 잠시 후 호흡이 안정되고 통증도 약간 완화됐
다. 사방에서 우르릉 소리가 들렸다. 그 소리는 아주 오래전부터,
특히 아빠가 돌아가신 후부터 밤낮으로 귀에 쟁쟁 울리던 많은
소리 가운데 한 가지였기 때문에 그에겐 새로울 것도 없었다. 그
는 귀를 기울여 소리의 근원지를 알아내려 했지만 여느 때와 마
찬가지로 찾아내지 못했다. 소리의 근원지는 온 사방인 것 같기
도 했고 아무 데도 없는 것 같기도 했다. 더구나 소리는 끊임없
이 변했다. 때로는 세찬 바람소리가, 때로는 웅얼거리는 소리가,
때로는 먼 바다에서 파도가 굽이치듯 부드럽게 부딪히는 소리가
들렸다. 그는 잠시 귀를 기울였다. 그러자 소리는 점차 어둠에 묻
혔고 다시 정적이 흘렀다.

루크는 다가올 날을 생각했다. 혼자만의 시간이 절실하게 필
요했다. 생각할 시간, 마음을 가다듬을 시간이 간절했다. 그렇게
된통 얻어맞은 지 얼마 되지도 않아서 스킨의 얼굴을 마주할 자
신이 없었다. 뿐만 아니라 아침 식탁에서 엄마의 슬픈 얼굴을 바

라볼 마음의 여유도 없었다. 그는 엄마가 깨기 전에 일찍 일어나서 롤빵을 조금 주머니에 넣고 그랜지에서 멀리 떨어진 어딘가로 혼자 두어 시간 산책이라도 다녀와야겠다고 결심했다. 열 시에 하딩 선생의 피아노레슨이 있지만 아주 이른 시간에 슬쩍 빠져나간다면 적어도 잠시 동안은 혼자만의 시간을 확보할 수 있을 것이다. 프랭크 멜드럼 씨의 도기제조소를 지나면 시냇물 근처에 외진 장소가 있다. 아마 스킨은 절대로 그를 발견하지 못할 것이다.

5

루크의 기대는 보기 좋게 빗나가고 말았다. 스킨은 기어이 그를 찾아냈다. 루크가 롤빵을 다 먹고 시냇물에 부딪쳐 반짝이는 햇살과 아침 기운을 만끽하려고 막 자리를 잡았을 때였다. 스킨이 울타리를 넘어 풀밭 위를 걸어오는 모습이 보였다. 평소처럼 다즈와 스피드가 그 뒤를 바짝 따랐고 햇살이 그들의 얼굴에 환하게 내리쬐었다. 루크는 낭패감이 들었지만 겉으로 드러내지 않으려 애쓰면서 재빨리 자리에서 일어났다. 스킨이 다짜고짜 그의 목덜미를 움켜쥐었다.

"그래. 여기서 뭔 짓거리냐, 루크 스탠턴? 그랜지 근처에서 만나자고 했을 텐데?"

"이제 거기로 막 가려던 참이었어."

"허, 거짓말도 잘하는군."

"정말이야. 막 가려고 하던 참이야."

"진작 그곳에 있었어야지. 이렇게 찾아다니게 만들다니!"

"몇 시에 만날지는 말 안 해줬잖아."

"분명히 다른 일은 다 제쳐두고 오라고 했을 텐데."

"그게 몇 시를 말하는 건지 몰랐어."

"거짓말 마."

스킨이 그의 얼굴을 손바닥으로 찰싹 때렸다. 그리고 잡아먹을 것처럼 노려봤다.

"망할 자식. 넌 우릴 피하려고 여기 온 거야."

"아니야."

"겁이 나니까 여기 왔겠지. 그 집이 텅 비었을 때도 무서워했는데 이제 그 할멈까지 거기 있으니 오죽하겠어."

"아니야."

"그러면 왜 여기 왔는데?"

"그냥 좀 앉아 있고 싶었어."

루크는 스킨의 눈에서 불길이 다시 일어나는 것을 보았다. 순식간에 확 이는 시커먼 불길이 그를 질식시킬 것만 같았다. 침을 꿀꺽 삼키고 스킨의 눈을 마주봤다.

"스킨, 그럼 지금 갈까?"

그러나 스킨은 발을 걸어 루크를 넘어뜨린 후 시냇가로 질질

끌고 갔다. 머리 바로 옆에서 시냇물이 잔물결을 일으키며 흐르
는 소리가 들렸다. 스킨이 매서운 눈으로 그를 내려다봤다.

"네놈이 감히 우릴 피하려고 했단 말이지."

"그게 아니라니까."

"아, 그래. 그럼 여기가 아름다워서 오셨단 말이지. 이 멋진 풀
밭과 시냇물 때문에 말이야."

"말했잖아. 나는……."

"그냥 앉아 있었지."

다즈가 루크의 말투를 흉내 내며 말했다.

"꽃과 물을 바라보고 먹을 것도 먹고. 스피드 이것 좀 봐!"

다즈가 땅바닥을 가리켰다.

"빵 부스러기야! 조금만 일찍 왔어도 너, 이 녀석 아침을 같이
먹을 수 있었을 텐데. 너 지금 배고프지? 넌 항상 배고프잖아."

"입 닥쳐."

스피드가 말했다.

"다즈, 그만해."

스킨이 루크에게 시선을 고정한 채 말했다. 루크는 미동도 없
이 누워 있었다. 냇가 근처의 땅바닥은 딱딱했고 풀잎은 축축했
다. 도망치고 싶었지만 부질없는 생각이라는 걸 깨달았다. 스킨
은 너무 강하다. 도무지 달아날 수가 없다. 한 대라도 덜 맞으려
면 그저 스킨을 자극하지 않고 얌전히 있는 게 최선의 방법이었

다. 그때 스킨의 주먹이 별안간 다시 날아왔다.

"난 나한테 거짓말하는 인간을 제일 싫어해. 넌 겁이 나서 여기 온 거야. 우릴 피하려고, 맞지? 안 봐도 뻔해. 그리고 또 있어."

그가 루크를 자기 발치로 세게 잡아당겼다.

"넌 우리와 어울리기에는 본인이 너무 잘났다고 생각하지."

"그렇지 않아."

"안 그렇기는. 넌 우리와 더 이상 얽히기 싫은 거야. 너희 엄마가 우리랑 어울리지 말라고 했겠지, 안 그래?"

루크는 잠자코 있었다.

"그렇지?"

"아니야."

스킨 패거리 문제로 엄마와 벌였던 수많은 말다툼이 떠올랐지만 이렇게 말할 수밖에 없었다.

"내가 누구랑 어울리든 엄마가 상관할 일이 아니야."

"그래. 그러면 오늘 밤에 만나."

"뭐라고?"

"오늘 밤에 만나자고. 그랜지 위쪽에서. 오늘 아침 만나기로 했던 그곳 말이야. 그 집에 다시 들어갈 거야. 이번에는 일을 잘 해내야 할 거야."

"하지만 리틀 부인이 집 안에 있을 텐데. 부인이 상점에 가는 금요일 저녁에 하자."

"지금 장난쳐? 다음 주 금요일까지는 못 기다려. 일을 망친 장본인이 제대로 돌려놔야 하는 거 아니겠어?"

"하지만 리틀 부인이 있는데 안에 들어가는 건 무리야. 우리가 내는 소리를 다 들을 거야."

"우리? 우리가 들어가는 게 아니야."

"그게 무슨 말이야?"

"네가 들어가는 거지."

"뭐라고?"

"너 말이야, 너. 네가 들어간다고."

"너하고 다즈랑 스피드는?"

"우린 밖에 있을 거야."

"일종의 지원 팀이지."

다즈가 킬킬거리며 말했다.

루크는 고개를 들어 한 사람씩 쳐다봤다. 다즈는 느물느물하게 웃었고 스피드는 조금 놀란 듯 땅바닥을 응시했다. 그리고 스킨은 여느 때처럼 자기 자신을, 패거리를, 루크를, 그리고 모든 것을 통제하고 있었다.

"그 할멈이 집에 있을 때 모두 들어갈 수는 없어. 우리가 내는 소리를 들을 테니까. 스피드가 비틀거리다가 물건을 와락 쏟는 소리를 들을지도 모르잖아."

"말도 안 돼."

스피드가 항의했다.

"하지만 너 혼자라면 손쉽게 몰래 들어갈 수 있을 거야. 할멈이 어떤 거든 창문 한 개만 열어둔다면 말이야. 오늘같이 따뜻한 밤에는 종종 그렇게 하잖아."

"그런데 왜 하필 나야?"

"그건 너도 알 텐데. 기어오르는 건 네가 선수잖아. 그리고 제일 가볍기도 하고."

스킨이 그의 가슴을 찌르며 말했다.

"또 하나, 나한테 빚진 것도 있고 말이지."

"난 그러기 싫어."

"네가 원하는지 아닌지는 상관없어. 내가 말했지. 넌 나한테 빚이 있다고. 네가 어제 일만 잘했어도 나머진 우리가 다 알아서 했을 거야. 현관문을 열고 우리가 안에 들어가게만 해주면 됐어. 그것만 하고 원한다면 집으로 돌아가도 됐지. 그런데 그렇게 냅다 내빼다니, 어이가 없어서. 왜, 텅 빈 집이 무서웠나 보지?"

"그건······."

루크가 말을 하려다 그만뒀다. 어제와 마찬가지로 웬일인지 소녀에 대한 이야기는 할 수 없을 것 같았다. 무엇보다 뭐라고 말하든 스킨이 믿어줄 리 없었다. 그런데 루크가 입을 다문 가장 큰 이유는 그게 아니었다. 소녀의 두려움과 고통과 연약함에 대한 생각 때문이었다. 그가 보고 들은 것은 왠지 자기 혼자만 알아야 하는 것처럼 느껴졌다. 스킨 일당에게 소녀에 대한 이야기를 할 수는 없었다. 어쨌든 오늘 밤 스킨이 작정한 일만은 피해야 했다.

"그건 너무 위험해. 아마 쉽게 붙잡히고 말 거야."

"아니, 할멈은 늙었어. 귀도 약간 멀었을 거야. 앞도 잘 못 볼 걸. 특히 밤에는 말이야. 그러니까 식은 죽 먹기야. 넌 그냥 창문으로 넘어 들어가기만 하면 돼."

"창문이 다 닫혀 있을 수도 있잖아."

루크가 포기하지 않고 말했다.

"그러면 내일 밤에도 가고, 모레 밤에도 가고, 글피 밤에도 가면 되는 거야. 창문이 열려 있을 때까지 말이야."

"그래도 하기 싫어. 붙잡히면 신고당할 거야."

"그 할멈은 그렇게 못 할 거야. 네가 집에 들어갈 즈음이면 깜깜해서 아마 자고 있겠지. 혹시 무슨 소리를 듣는다고 해도 너무 무서워서 아무것도 못할 거고. 아마 이불을 뒤집어쓰고 벌벌 떨며 누워 있겠지."

"그렇지 않을 거야. 소리 나는 곳으로 나를 찾으러 다니겠지. 리틀 부인은 아무도 두려워하지 않을 거야."

"그 할멈이 다가오는 소리를 들으면 달아나면 되잖아. 뭐가 문제라는 거야? 넌 달아나는 데에 선수잖아. 게다가 그 양반은 워낙 늙어서 네가 현관문 밖으로 빠져나갈 때까지 전등 스위치도 못 찾을걸. 그러니까 위험할 것 전혀 없다고."

스킨이 일행을 둘러보며 말했다.

"얘들아, 그렇지?"

"그렇지."

다즈가 다시 능글맞게 웃으며 대답했다. 스피드는 말없이 고개만 주억거렸다. 루크는 미간에 잔뜩 주름을 잡았다. 어떻게 해도 빠져나갈 방법이 없었다. 스킨은 어떤 위험이 있더라도 루크를 집 안에 들어가게 하기로 작정한 모양이다. 루크는 이런 생각마저 들었다.

'내가 잡히는 꼴을 보고 싶어서 이러는 게 아닐까? 어쩌면 상자보다 지금은 그걸 더 원할지도 몰라.'

루크는 오래된 그 집과 그 집을 둘러싼 수수께끼를 생각했다. 집 안에 다시 들어가면 적어도 소녀를 또 볼 수 있을 테고, 어쩌면 소녀에게 말을 걸어서 무슨 일이 있는지 알아낼 수 있을지도 모른다. 더욱이 그 상자만 용케 가지고 나올 수 있다면 스킨이 앞으로는 그를 내버려둘지도 모른다. 만약 지금 거절한다면 스킨이 무슨 짓을 할지 아무도 모를 일이었다.

"자정에 보자고."

스킨이 말했다.

"자정에? 꼭 그때 만나야 해?"

루크가 스킨을 물끄러미 쳐다봤다.

"그래."

"내가 달아나지 못하고 잡히면?"

"달아날 수 있어. 그건 전혀 문제가 안 돼. 한밤중에 이 일을 하려는 이유가 뭐겠어. 그 시간이면 어른들은 우리가 착한 아이처럼 침대에 누워 자고 있다고 생각할 거야. 넌 그저 자는 척하다가 슬쩍 빠져나오면 돼. 마을은 조용할 거고 우릴 볼 사람은 아무도 없어. 그 할멈도 쿨쿨 자고 있을걸. 누워서 떡 먹기야."

스킨이 다시 몸을 가까이 숙이며 말했다.

"루크, 난 그 상자를 갖고 싶어. 넌 가져올 수 있어. 집 안에서 뭘 보든 신경 쓰지 마. 그냥 조용히 상자를 찾으라고. 이번에는 너 혼자 해야 해. 어제 일처리를 잘했다면 아주 손쉽게 끝낼 수 있는 문제였어. 네가 망쳐놨으니 네가 마무리해야지."

"리틀 부인은 내가 움직이는 소리를 들을 거야. 틀림없어."

"조용히 움직이면 못 들어. 그리고 계속 말하지만 그 할멈은 일찍 잠들 거야. 그러니까 조용히 집을 뒤져서 상자를 찾아낸 후 현관으로 내려와서 그걸 넘겨주기만 하라고. 네가 문을 열었을 때 그 할멈이 깨지 않는다면 내가 들어가서 안을 살펴볼 수도 있어. 하지만 우선 네 할 일을 끝내."

스킨이 목소리를 더 낮추었다.

"나랑 또 틀어지고 싶진 않겠지?"

스킨의 두 눈에 담긴 불길이 점점 더 커지고 더 시커멓고 더 위험하게 변하는 것 같았다. 루크는 그 눈을 더 이상 쳐다볼 수 없어 얼굴을 돌렸다.

"그럼 12시에 보자. 늦지 말고."

스킨은 마지막으로 루크를 한 대 더 때린 다음 일행과 자리를 떴다. 풀밭 아래쪽 울타리를 넘는 그들이 시야에서 사라진 후에야 루크는 다시 땅바닥에 쓰러지듯 드러누워 졸졸 흐르는 물소리에 귀를 기울였다.

듣고 싶지 않은 소리가 물소리에 묻어 들려왔다. 소녀의 울음소리와 스킨의 목소리가 저주의 말처럼 머릿속을 맴돌았다.

'겁쟁이 자식, 겁쟁이 자식.'

또 다른 소리가 귓속을 파고들었다.

'나랑 또 틀어지고 싶진 않겠지?'

그렇다. 루크는 약한 자신이 너무 혐오스러웠지만 스킨과 다시 틀어질 수는 없는 노릇이었다. 다시 실패한다면 전보다 더 가혹한 응징을 받을 게 분명했다. 스킨은 폭행 혐의로 경찰서에 드나든 적도 있다. 루크는 귀에서 손을 떼고 마음을 진정시키려 애썼다. 그러자 다행스럽게도 스킨의 목소리가 점차 가라앉았다. 하지만 소녀의 울음소리는 마치 그를 둘러싼 공기라도 되는 것처럼 사라지지 않았다. 불안한 마음으로 그 소리를 듣던 루크는 한동안 그냥 거기 앉아 있었다. 그러자 새로운 목소리가 뒤에서 들려왔다. 훨씬 더 듣기 싫은 목소리가······.

"안녕!"

뒤돌아보니 로저 길모어 씨가 울타리 저쪽에 서 있었다. 작업을 하다가 막 나온 듯했다. 해진 청바지에 소맷자락을 걸어 올린 차림이었다.

"루크, 괜찮니?"

루크는 자리에서 일어나 마지못해 그에게 걸어갔다.

"제가 괜찮지 못할 이유라도 있나요?"

"많지. 나도 거기에 한몫하는 것 같은데, 물론 안 그랬으면 좋겠지만."

"그게 무슨 말이에요?"

"적보다는 친구가 되고 싶단 말이지."

루크는 그의 말에 대답하지 않고 잠자코 있었다. 길모어 씨는 그를 잠시 쳐다보다가 말을 이었다.

"특히 지금처럼 네게 적이 많을 땐 말이야. 네 얼굴의 멍을 보니 마음이 안 좋구나. 엄마 말을 들으니 지난밤에 누구랑 싸웠다고 그러던데."

"고맙지만 동정심이나 도움 따위는 필요 없어요."

"물론 그렇겠지. 하지만 그런 건 걱정 마라. 난 네 엄마 때문에 이러는 거니까. 엄마가 네 걱정을 많이 하고 계셔. 말도 없이 아침 일찍 사라져서 말이야. 열 시에 하딩 선생님한테 피아노레슨을 받기로 돼 있잖아. 그래서 내가 널 찾아보겠다고 했지."

루크는 손목시계를 흘긋 쳐다봤다. 아홉 시 반이었다. 그렇다면 길모어 씨는 이른 아침부터 엄마를 만났다는 얘기다.

'엄마가 스토니힐코티지로 아저씨를 만나러 갔거나 아저씨가 헤이번에 찾아왔겠지. 내가 집을 나간 다음에 쭉 함께 있었겠지.'

길모어 씨는 루크의 이런 생각을 읽어내기라도 한 것처럼 말을 이었다.

"아냐, 루크. 난 오늘 아침에 네 엄마를 만나진 못했어. 일하고 있었거든. 그런데 삼십 분 전에 너희 엄마가 전화를 했더구나. 네가 아무 말도 없이 집을 빠져나가서 걱정이 된다고 했어. 아마 널 찾아 여기저기 다녀온 모양이야. 그래서 내가 이쪽을 둘러보겠다고 한 거고. 그래, 여기는 왜 온 거니?"

루크는 아무런 대답도 하지 않았다. 길모어 씨도 대답을 기대하지 않았던 모양인지 벌써 휴대전화를 꺼내들고 전화를 걸고 있었다.

"커스티? 나예요. 찾았어요. ……그래요. 냇가에서요. ……아뇨, 애는 괜찮아요. 옷은 좀 젖은 것 같네요. ……당신이 원한다면 그렇게 하겠지만 루크가 원치 않을 것 같은데…… 알았어요. ……알았어요. 이따 봐요."

그는 전화기를 닫고 주머니에 다시 집어넣었다.

"제가 뭘 원치 않을 것 같다는 거죠?"

루크가 울타리를 넘으며 물었다.

"응? 뭐라고?"

"제가 뭘 원치 않을 것 같다는 거냐고요?"

"엄마가 나보고 너랑 같이 헤이번에 와달라고 했어. 그래서 네가 원하지 않을 것 같다고 했지."

"내가 내 집에 가기 싫을 이유가 뭐가 있겠어요?"

"그게 아니라 네가 나랑 함께 가는 걸 원하지 않을 거라는 얘기였어."

루크는 길모어 씨를 노려봤지만 길모어 씨는 아무렇지도 않다는 듯 루크를 마주 바라봤다. 루크는 어이가 없어서 어깨를 으쓱하며 말했다.

"난 집에 갈 거예요. 아저씨는 아저씨가 원하는 대로 하세요."

"그렇다면 너랑 같이 갈게."

"마음대로 하세요."

그렇게 두 사람은 길 아래로 함께 내려갔다. 루크는 아무 말도 하지 않았다. 길모어 씨도 말하고 싶은 기색이 아닌 것 같아서 마음이 놓였다. 스킨의 속삭이는 목소리는 이제 완전히 사라졌다. 하지만 루크의 귓가에서 소녀의 울음소리는 여전히 맴돌았고, 지난밤에 들었던 묘하게 우르릉거리는 소리도 섞여 들려왔다. 그뿐만 아니라 발걸음을 옮기는 동안 여러 가지 다른 소리가 더 크고 더 예리하게, 그리고 더 끈질기게 들려왔다. 그들의 무거운 발걸음소리, 까마귀의 울음소리, 왼쪽 들판에서 견인차가 덜그럭거리는 소리, 그리고 도기제조소를 지나칠 때는 길모퉁이에서 딸가닥거리는 말발굽소리가 들려왔다. 잠시 후 미란다가 적갈색 암말을 타고 두 사람에게 다가왔다. 미란다가 먼저 그들을 알아보고 손을 흔들었다.

"안녕!"

루크는 걸음을 멈추고 미란다가 다가오기를 기다렸다. 그러는 동안 길모어 씨가 혼자 먼저 가버리기를 바랐지만 그런 행운은 일어나지 않았다. 길모어 씨는 헤이번까지 루크와 쭉 함께 가기로 작정한 모양이었다.

미란다가 가까이 다가와 고삐를 당겨 말을 세웠다.

"안녕, 루크."

미란다는 순식간에 미소를 거두고 놀란 듯 입을 벌렸다.

"너 싸웠구나!"

"응, 그게……."

"괜찮니?"

미란다는 더 바짝 다가와 루크를 훑어봤다.

"누가 이렇게 만든 거야?"

"이래 보여도 심한 건 아냐."

"스킨이나 다즈가 그런 거야?"

"그럴 수도 있고."

그는 애써 태연하게 보이려고 노력했다.

"하지만 이젠 다 잘 해결됐어. 아무 문제 없다고. 넌 잘 지내?"

78

"잘 지내. 근데, 루크…… 내 말은…….”

"정말로 아무것도 아니라니까!”

"네가 그렇게 말한다면 그런 거겠지만…….”

미란다는 못 믿겠다는 어투로 말했다. 그러고는 고개를 돌려 길모어 씨를 보고 환하게 미소 지었다.

"안녕하세요!”

"안녕.”

"아저씨가 만드신 조각품을 엄마가 무척 좋아하세요. 완전히 푹 빠지셨다니까요. 만나는 사람마다 이것 좀 보라고 잡아끌어요. 갈수록 사람을 더 난처하게 한다니까요. 아마 아저씨께 고맙다는 편지도 쓰실 걸요.”

"그러실 필요는 없는데.”

"그래도 한 번은 받으실 거예요.”

"어머니가 원하신다면 기꺼이 받아야지.”

"나무 재료는 어디에서 구하셨어요? 버클랜드 숲에서요?”

"그래.”

"어디쯤이요?”

"블루벨이 넓게 피어 있는 곳 근처야.”

"그랜지 바로 위쪽요? 어린 오리나무가 모여 있는 곳이죠?”

"아니, 그 반대편이야. 브램블베리 길로 연결된 울타리 옆에 넓은 땅이 있어.”

"저도 알아요. 어제 말 타고 아빠랑 거기 갔었거든요. 아름다운 곳이죠."

"응, 정말 그렇지. 거기서 그 나무를 구했어. 처음 본 순간 네 엄마한테 딱 맞는 나무라고 생각했지."

루크는 슬슬 신경질이 나기 시작했지만 조용히 두 사람의 대화에 귀를 기울였다. 다른 사람이 숲을 이용하는 걸 막을 수 없다는 걸 알면서도, 루크는 숲이 자신의 것처럼 느껴졌다. 특히 길모어 씨가 조각품을 만들 나무를 구하러 숲에 들어간다는 사실은 몹시 못마땅했다. 조각품에 대한 이야기가 내키지는 않았지만 마란다의 주의를 끌기 위해 루크가 물었다.

"무슨 조각인데?"

"아름답고 정말 환상적이야. 네가 한번 봐야 하는데. 토비저그에 놔두려고 엄마가 로저 아저씨께 부탁한 조각이야. 엄마가 원한 건 숲을 떠올리게 할 뿐 아니라 춤추고 노래하던 어린 시절을 생각나게 하는, 그런 작품이었는데 로저 아저씨가 어린 소녀상을 조각하신 거야. 두 팔을 확 벌려서 춤추고 노래하는 작은 요정처럼 생겼는데, 혼자뿐이라서 상심한 것처럼 보이기도 하고 뭔가를 그리워하는 것처럼 보이기도 해."

작은 소녀라니. 그것도 상심한 듯 슬퍼 보이고 뭔가를 그리워하는 듯한 소녀라니. 루크는 묘한 이미지가 떠올라 눈살을 찌푸렸다. 미란다는 길모어 씨에게 시선을 돌리며 말했다.

"조각이 정말 아름다워요. 아저씨가 만드셨다는 게 믿기지 않을 정도로요."

"내가 만든 게 아니야. 자연이 만들었지. 난 그냥 그걸 가져왔을 뿐이야."

"그렇지만 아저씨가 숲에서 발견한 나무조각과 조각상은 완전히 다르잖아요."

"그럴 수도 있지. 하지만 그런 나무조각을 구한 건 운이 좋았던 거야."

"나무에서 베어낸 게 아니고요?"

루크가 따지듯이 물었다.

"그럴 필요가 있겠니? 숲 땅바닥에 내가 원하는 모든 것이 있는데. 굳이 나무에서 훔쳐오지 않아도 돼."

길모어 씨의 목소리는 차분했고 얼굴은 평온해 보였다. 그는 미란다에게 미소를 지으며 말했다.

"네 엄마가 조각상을 좋아하신다니 기쁘구나. 얘기해줘서 고맙다. 사람들이 항상 의견을 말해주는 건 아니라서 말이지. 보통은 의뢰하고 완성품을 가져간 다음 돈만 주고 끝이거든. 정말 마음에 들었는지 어떤지 일일이 물어보고 다녀야 할 때가 많아."

"그렇군요. 그건 그렇고, 아저씨가 아직 돈을 청구하지 않으셨다고 그러던데요. 오늘 아침에 엄마가 아빠한테 하는 얘기를 들었어요."

"안 그래도 오늘 오후에 명세서를 보내려던 참이었어. 시간이 별로 없었거든. 아침엔 일찍 나와야 했고."

길모어 씨는 루크를 흘끗 쳐다본 다음 미란다를 바라봤다.

"오늘 점심시간에 부모님이 토비저그에 계실까?"

"언제나 그렇듯 계세요. 아저씨가 오실 거라고 말씀드릴게요."

미란다는 좀처럼 가만히 있지 못하는 큰 말을 토닥거리다가 갑자기 시선을 루크에게 돌리며 말했다.

"루크, 안 그래도 너한테 전화하려고 했어. 있잖아……."

미란다가 머뭇거리며 말을 이었다.

"있잖아, 나 좀 도와줄 수 있니?"

"으응, 물론이지. 뭔데?"

"하딩 선생님한테 연주회에서 플루트를 맡겠다고 말했는데 도움이 좀 필요해서."

"난 플루트 다룰 줄 모르는데."

"응, 그게 아니고 피아노 반주를 해줄 사람이 필요해서."

"난 연주회에서 이미 독주곡을 맡았어."

"나도 알아. 그런데…… 네가 워낙 잘하니까 난 그냥……."

"사만다가 하면 안 될까? 멜라니라도?"

미란다가 말의 기다란 갈색 목을 손으로 쓸어내리며 천천히 말했다.

"네가 정말로 원치 않는다면 둘 중 한 명한테 부탁해야겠지."

루크는 시선을 돌려 마을 쪽을 바라봤다. 미란다가 이렇게 원하는데 싫다고 말하는 건 너무 야박한 것 같았지만 가능하면 그 연주회에 조금만 관여하고 싶었다. 독주를 하겠다고 약속하지 않았으면 좋았을 텐데, 하는 생각마저 들었다. 지금은 사람들 앞에서 연주하는 것에 아무런 흥미를 느낄 수가 없다. 그의 삶에는 다른 문제가, 반드시 해결해야 하는 어려운 문제가 너무나 많았기 때문이다. 한가하게 특기나 선보일 시간은 없다. 말이 발을 구르는 소리를 들으며 미란다를 다시 쳐다봤다.

"어떤 곡을 연주할 건데?"

"글룩의 〈정령들의 춤The Dance of the Blessed Spirits〉을 하려고."

"좋은 곡 골랐네. 근사하게 녹음된 게 우리 집에도 있는데."

길모어 씨가 말했다.

"그렇다면 제 연주는 별로 듣고 싶지 않으시겠네요. 제 플루트 연주는 별로거든요. 그래서 루크의 도움을 받았으면 하는 거예요. 루크가 피아노를 워낙 잘 치니까 제 부족한 점을 덮어줄 거라고 생각했거든요. 그렇지만……."

"할게, 반주."

루크가 말했다.

미란다가 놀란 표정으로 그를 다시 쳐다봤다.

"루크. 난 말이야, 네가……."

"내가 할게. 괜찮지? 아무 문제없어. 내가 한다고."

"정말이니?"

"그럼."

미란다는 마치 마음을 바꿀 시간을 주겠다는 듯 잠시 루크를 말끄러미 쳐다봤다. 그러다 그가 아무 말도 하지 않자 기쁨에 찬 밝은 표정을 지으며 말했다.

"루크, 고마워. 네가 승낙할 거라고는 전혀 생각 못했어. 네 승낙이 나한테 어떤 의미인지 말로는 다 표현 못할 거야. 이 연주회 때문에 신경이 무척 곤두서 있었거든. 사람들 앞에서 연주한 적이 한 번도 없어서 말이야. 연습시간 정할 때 전화해도 되지?"

"그럼."

"고마워."

미란다가 화사한 미소를 지어 보였다.

"정말 고마워. 믿기지가 않아! 하딩 선생님한테 전화해서 네가 내 연주에 동참한다고 말씀드릴게. 진행표에 써넣어야 하니까."

"그럴 필요 없어. 내가 말씀드릴게. 열 시에 피아노레슨도 있고 하니까."

"그래, 그럼. 정말 고마워. 정말이야."

미란다가 다시 미소를 지었다.

"뭘……."

"그럼 나중에 보자."

"그래."

"로저 아저씨, 안녕히 가세요."

"잘 가라."

미란다는 얼굴에 미소를 한껏 머금은 채 말을 몰고 떠났다. 길모어 씨는 미란다를 잠시 쳐다보다가 미소를 지으며 말했다.

"정말로 괜찮은 아이야."

루크는 대꾸하지 않고 몸을 돌려 헤이번으로 향했는데, 그 어느 때보다 혼자 있고 싶은 마음이 간절했다. 하지만 길모어 씨는 그를 그냥 내버려두지 않았다. 바로 뒤따라와 루크의 보폭에 보조를 맞췄다. 루크는 고개를 살짝 옆으로 돌렸다. 대화를 차단하기 위해서가 아니라 다시 밀려드는 여러 소리에 집중하기 위해서였다. 다시 그 소녀의 목소리가 들려오기 시작했다. 그랜지에서 이렇게 멀리 떨어져 있는데 어떻게 소리가 들리는지 참으로 알 수 없는 노릇이었다. 하지만 소리는 분명히 그의 귓전을 파고들었다. 소녀의 울음소리가 끊임없이 들리더니, 이제는 음악소리가 들렸다. 그리움이 담긴 듯한 단순한 멜로디. 이전에 분명히 들어봤던 곡인데 언제 어디서 들었는지 누가 작곡했고 곡명은 무엇인지 기억이 나지 않았다. 그때 길모어 씨가 말을 걸어왔다.

"미란다의 연주를 도와준다니 잘했구나."

루크가 귀찮다는 듯 대답했다.

"그 정도는 식은 죽 먹기예요."

"그게 대답이니?"

"네. 제가 할 수 있는 유일한 대답이에요."

길모어 씨는 입을 굳게 다물고 아무 말도 하지 않았다. 루크는 대화가 더 이상 진전되지 않기를 간절히 바랐다. 그러나 헤이번에 이르는 길에 당도하자 짐짝처럼 귀찮은 길모어 씨가 다시 말을 걸었다.

"식은 죽 먹기가 아니었다면 미란다를 돕지 않았을 거라는 말이니?"

"그걸 제가 어떻게 알아요?"

루크는 그에게 성난 눈길을 보냈다.

"왜 자꾸 바보 같은 질문만 하세요?"

"글쎄. 신경이 쓰여서랄까."

"뭐가 신경 쓰이는데요?"

"너."

두 사람은 잠시 서로를 쳐다보다가 이내 헤이번까지 아무 말 없이 걸었다. 루크는 대문을 밀어 연 다음 몸을 돌리며 눈살을 찌푸렸다.

"아저씨가 어떻게 느끼는지는 제가 어쩔 수 없는 부분이에요."

"맞는 말이야."

"그러니 절 비난하지 마세요."

"네 말이 맞아. 내가 널 비난할 순 없지."

루크는 자기 인상이 더 구겨지고 있다는 걸 느꼈다. 아까처럼 말도 안 되는 질문을 할 때보다 지금 이렇게 차분하게 대답하는 게 더 짜증이 났다. 그렇다고 어떻게 할 수도 없는 노릇이고 밖에서 이렇게 마냥 서 있을 수만도 없었다. 루크가 어깨를 으쓱하며 턱짓으로 현관을 가리켰다.

"안으로 들어가실 거죠?"

"아니."

길모어 씨는 태연하게 루크를 쳐다보다가 슬쩍 웃었다. 그게 루크의 신경질을 더 돋우었다.

"좀 있다 다시 올 거야. 지금은 명세서를 만들어 보내야 하거든. 그럼 또 보자."

길모어 씨는 광장 쪽을 향해 발길을 돌렸다.

루크는 화가 나면서도 동시에 미안하기도 한 복잡한 기분을 느끼며 그 자리에 덩그러니 서 있었다. 그리고 길모어 씨에 대한 생각을 억지로 밀어내면서 다시 집 쪽을 바라봤다. 그때 소녀의 울음소리와 함께 아까 들렸던 단조로운 곡조가 또다시 들려왔다. 그리고 주위를 온통 빨아들일 것처럼 거친 파도 소리도 어렴풋이 들려왔다. 그뿐만이 아니다. 절박하고, 비현실적이며, 마음을 동요시키는 어떤 소리가 더 들려왔다. 그의 마음을 열망과 불안으로 가득 채우는 소리가.

6

슈베르트 곡 사이로 루크가 들어오는 소리가 들렸지만 하딩 선생은 한동안 잠자코 앉아 있었다. 얼굴을 찌푸리자 그의 늙수그레한 얼굴이 어느 때보다 우락부락하게 보였다. 루크는 잠시 선생님을 쳐다봤지만 그가 아무 반응도 보이지 않자 시선을 돌려 창문 너머 뜰을 응시했다. 고양이 두 마리가 잔디에 앉아 있는 울새를 향해 살금살금 다가갔지만 울새가 기척을 느끼고 담 너머로 날아가버리고, 뒤이어 두 녀석도 슬며시 시야에서 사라졌다.

루크는 다시 하딩 선생을 쳐다봤다. 늙은 하딩 선생은 계속 침묵을 지키며 피아노 옆 의자에 앉아 있었다. 그러다 선잠에서 깬 듯 갑자기 몸을 움직였다.

"루크, 이리 와서 잠시 앉아봐."

하딩 선생이 일어서려고 애쓰며 말했다.

"벌써 앉아 있어요."

"피아노 앞에 말고."

루크가 하딩 선생을 미심쩍은 얼굴로 쳐다봤지만 선생은 그의 팔을 토닥이며 미소 지었다.

"루크, 날 위해서 그렇게 해주렴. 난 네가 요즘 모든 일에 대해, 그리고 모든 사람에 대해 의문을 품고 있다는 걸 안다. 넌 나처럼 지루하고 말 많은 노인네랑 이야기하는 것보다 후다닥 네 몫만 연주하고 가버리고 싶겠지만 딱 한 번만 날 위해 내가 하자는 대로 해주렴."

하딩 선생은 갑자기 몸을 숙이더니 루크의 얼굴에 난 멍을 살펴보았다.

"게다가 그렇게 많이 맞았으니 오늘은 진도도 별로 못 나가겠구나. 그래, 그래, 나도 알아. 그 얘긴 하고 싶지 않겠지. 자, 이리 와 앉아."

그는 루크의 대답을 기다리지도 않고 절뚝거리며 걸어가 커다란 창문 옆 안락의자에 깊숙이 앉았다. 루크는 약간 어리둥절해하며 피아노 앞에서 일어나서 창가로 걸어갔다. 그리고 하딩 선생이 원하는 게 뭘까 의아해하면서 선생 맞은편 의자에 앉았다. 하지만 하딩 선생은 창밖으로 물끄러미 뜰만 바라보았다. 루크는 이 이상한 행동이 무얼 뜻하는지 궁금해하면서 선생의 시선을 따라 창밖을 내다봤다. 하딩 선생이 좀 별난 노인 양반이긴 하지만 이제껏 레슨을 중단한 적은 한 번도 없었다.

아마 어딘가 아픈 건지도 모른다. 나이를 많이 먹은 데다 요즘에는 관절염으로 거동이 불편했다. 어쩌면 이제 남을 가르치거나 마을 연주회를 기획하는 일을 더 할 수 없을지도 모른다. 하지만 음악과 사랑에 빠진 그가 활동을 접는다는 건 상상하기 힘들었다. 루크는 의자에 앉아 안절부절못했다. 하딩 선생을 좋아하긴 했지만 돈을 받아놓고 레슨을 빼먹는 일은 합당치 않다는 생각이 들었다. 하딩 선생은 마치 그의 생각을 읽기라도 한 것처럼 이렇게 말했다.

"오늘 레슨비는 받지 않을 거야. 이렇게 그냥 앉아만 있을 거니까."

하딩 선생은 뜰 여기저기를 계속 바라보면서 나른한 목소리로 꿈결처럼 말했다.

"저 등나무 좀 봐라. 꽃이 피고 있어. 아름답지 않니? 지금 숲에는 블루벨이 지천이겠지."

"그럼요."

"아름다운 풍경일 거야. 이렇게 안락의자에 앉아 상상만 해야 한다니 아쉽구나. 너무 늙어서 요즘에는 숲을 산책하지도 못해. 그래도 많이 그립구나. 나무를 타던 것도 그립고. 내가 네 나이 때는 나무를 참 많이 탔었는데 말이야."

하딩 선생은 눈을 반쯤 감은 채 추억에 잠긴 듯 침묵을 지키다가 한참 후에 말을 이었다.

"넌 지금 무슨 소리를 듣고 있니?"

"뭐라고요?"

"내 말 다 알잖니."

하딩 선생은 자기 농담이 재미있는지 싱글싱글 웃었다.

루크는 무슨 말을 해야 할지 몰라 양미간에 힘을 주었다. 우주의 모든 소리가 자기 내부로 들어오는 느낌이 들었다. 이런 기분이 현실일 리 없다고, 그럴 리가 없다고 생각했지만 그의 마음은 온갖 소리로 넘쳐났다. 개똥지빠귀가 지저귀는 소리, 옆집 뜰에서 아이들이 웃는 소리, 길에서 축구공이 튀어 오르는 소리, 그리고 훨씬 조용한 또 다른 소리. 너무나 조용해서 이 세상 누구도 들을 수 없지만 그에게만큼은 드럼 치는 소리처럼 크게 들리는…….

루크는 늙은 하딩 선생의 심장 뛰는 소리, 그의 목에서 침이 넘어가는 소리, 근육이 씰룩거리는 소리, 그의 생각이 조곤조곤 흘러나오는 듯한 소리도 들었다. 그뿐 아니라 믿을 수 없을 정도로 아주 미세한 소리도 아주 생생하게 들렸다. 뜰의 후미진 곳을 어슬렁거리는 고양이들의 숨소리, 고양이 발에 난 털이 땅에 닿는 소리, 고양이털에 꽃잎이 스치는 소리, 곤충이 잔가지 위로 허둥지둥 달아나는 소리. 구름이 속삭이는 소리, 미풍이 살랑거리는 소리, 지구가 돌면서 내는 윙윙거리고 쏴쏴하는 소리까지. 그리고 모든 것을 압도하는 듯한 웅장한 파도 소리와 끊임없이 머릿속을 맴도는 단순한 곡조가 들려왔다.

"섬은 소리로 그득하다."

하딩 선생은 여전히 꿈꾸는 듯한 목소리로 말했다. 그러곤 루크를 보며 맥없이 미소를 지었다.

"인용한 말이야."

"어디서요?"

"그건 중요하지 않아. 별로 관심도 없으면서."

하딩 선생은 머리를 다시 의자에 기대고 눈을 완전히 감았다.

"너의 세계는 항상 소리로 가득 차 있어. 루크, 넌 타고난 음악가야."

"무슨 말씀이세요?"

"넌 타고난 음악가라고. 우리 모두가 음악가이긴 하지만 넌 좀 달라."

"어떤 점이요?"

"넌 온몸으로 경험하거든. 그런 사람은 많지 않아. 넌 음악과 혼연일체가 되는 특별한 사람 중 한 명이란다……. 하지만 상당한 대가를 치러야 하지. 그렇지 않니?"

루크는 황급히 눈길을 돌렸다. 이 모든 상황이 점점 난감하게 느껴졌다. 하딩 선생이 별난 사람이긴 해도 전에는 이런 얘기를 한 적이 없다. 주로 루크의 연주를 가만히 듣고 있다가 몇 가지를 지적하고 제안하는 것으로 끝이었다. 하지만 루크가 레슨을 막 시작했던 때에도 지적이나 제안은 그리 많지 않았다. 연주회 때문에 다른 지방에 나가 있지 않을 때는 아빠가 항상 루크 옆에 붙어서 도와줬기 때문이다. 아빠는 항상 실질적이고 유용하면서도 전문적인 도움을 주었다. 하딩 선생은 풍부한 지식과 열정을 가지고 있지만 그렇게까지는 하지 못했고 사실 별로 그럴 필요도 없었다.

루크는 이 노인의 시선을 의식하고는 고개를 들어 그를 쳐다봤다. 하딩 선생이 부드러운 눈빛으로 미소를 지어 보였다.

"루크, 내가 너한테 가르칠 것은 없어. 전혀 없지. 적어도 음악에 대해서는 말이야. 물론 이전에도 없었어. 지금까지 내가 할 수 있는 일이라고는 그저 옆에서 독려해주는 일뿐이었지."

"하지만 전 지금도 연주할 때 실수를 하는걸요."

"내가 말하는 건 기술이 아니라 음악 자체야. 난 네가 내 말을 이해한다고 생각하는데."

침묵이 오래 이어졌다. 하딩 선생은 그에게 시선을 고정하고 있다가 다시 입을 열었다.

"네가 마음 깊은 곳에서 이해하고 있다는 걸 난 안다."

대화는 점점 더 불편하게 흘러갔다. 고개를 돌려보니 이전에 본 적이 없는 작은 목재조각이 벽난로 선반에 놓여 있었다. 그걸 바라보는 루크의 눈빛이 빛났다. 피아노 앞에 앉아 있는 남자 조각상이었는데 남자가 피아노에 어찌나 가까이 몸을 숙였는지 마치 피아노와 하나처럼 보였다. 누가 만든 건지는 물어보지 않아도 뻔했다.

"아름답지 않니?"

하딩 선생이 말했다. 그 역시도 루크의 눈길을 따라 조각상을 올려다보고 있었다.

"로저 씨한테 좀 만들어달라고 부탁했는데 이렇게 멋진 작품을 갖다 주더구나. 돈도 안 받으려고 해. 선물이라면서."

하딩 선생이 고개를 가로저었다.

"그래서 그렇게 돈을 못 모으나 봐. 그래도 미적 재능이 뛰어난 사람인 건 분명해. 로저 씨가 여기에 뭔가를 형상화했다는 생각이 안 드니? 같은 재료로 만들어진 인간과 악기랄까."

"물푸레나무요?"

"그렇지……, 그렇지만 내가 말한 재료는 그게 아니야."

"그럼 어떤 재료를 말씀하시는 건데요?"

"바로 음악이야. 음악 그 자체 말이야."

다시 긴 침묵이 이어졌다. 두 사람은 조각상을 물끄러미 바라봤다. 조각상을 바라보며 루크의 마음은 왠지 더 불편해지기만 했다. 하딩 선생이 다시 말했다.

"루크, 너에게도 미적 재능이 있어. 하지만 네가 네 자신을 올

바로 대하지 않는다면 그 재능도 별로 소용이 없지."

"그게 무슨 말씀이세요?"

루크가 의아해하며 물었다.

하딩 선생은 조각상을 잠시 응시하다가 대답했다.

"네 재능은 다른 사람에게 도움이 될 수 있어. 하지만 그 재능이 너한테도 도움이 될 수 있다는 생각해봤니?"

"전 아무 도움도 필요 없는데요."

"정말?"

"네."

"알았다."

하딩 선생은 다시 창문으로 고개를 돌려 뜰을 바라보았다. 이 노인의 달갑지 않은 충고는 루크의 마음에 파문을 일으켰다. 루크가 눈살을 찌푸리며 화난 목소리로 재차 말했다.

"전 아무 도움도 필요 없어요."

"방금 말했잖니."

"왜 제게 그런 충고를 하시는 거예요?"

"넌 지금 투쟁 중이니까."

"누구와요?"

"모든 사람과. 특히 너 자신과."

루크는 무서운 기세로 자리에서 벌떡 일어섰다.

"제가 여기서 이런 얘기 들을 이유는 없는 것 같은데요."

"네 말이 맞다. 하지만 네가 물어봤잖니."

루크는 계속 그를 노려보면서도 어떻게 해야 할지 몰라 멍하니 서 있었다. 그냥 그대로 뛰쳐나가고 싶다는 생각과 하딩 선생에게 마음 한 자락을 드러내고 싶다는 생각이 엎치락뒤치락했다. 하딩 선생은 전혀 문제될 게 없다는 듯 그를 올려다보며 빙긋 웃고 나서 이제껏 그랬듯 차분한 목소리로 말했다.

"올해 연주회가 끝나면 난 이 마을을 떠난단다."

그 말에 루크가 무너지듯 의자에 앉았다.

"왜요?"

"알다시피 난 은퇴해. 이제 지치기도 했고, 너한테 솔직하게 말하자면 난 그렇게 뛰어난 음악가도 아니야. 그래서 올해 이후에는 연주회를 더 열 계획이 없는 거고. 이번 연주회를 마지막으로 하고 떠날 거란다."

"어디로요?"

"노리치로. 거기서 누나랑 같이 지낼 거야. 여든다섯 살인데 돌봐줄 사람이 필요해."

"선생님도 돌봐줄 사람이 필요하잖아요."

하딩 선생이 얼굴을 찌푸렸다.

"내 정신 상태가 아니라 건강을 걱정해서 하는 말이라고 생각하마. 하여튼 어떤 경우든지 고맙구나."

그는 낮잠이라도 자려는 듯 턱을 가슴께로 바짝 끌어당기고 잠시 아무 말 없이 있다가 입을 열었다.

"날 위해 뭐라도 좀 연주해주렴."

"어떤 곡이요?"

"뭐든지, 네가 연주하고 싶은 걸로. 네 머릿속에서 맴도는 곡으로 말이야. 지금 네 속에서 어떤 곡조가 맴돌고 있다는 걸 난 알고 있어."

루크는 머릿속에 끊임없이 들리는 곡을, 그리움이 담긴 듯하고 단순하면서 왠지 그랜지의 소녀를 떠오르게 하는 그 곡을 생각했다. 그가 알고 있는, 어린이를 위한 작품을 떠올려봤다. 슈만의 〈어린이의 정경Scenes of Childhood〉이 떠올랐지만 그건 아닌 것 같았다.

"하딩 선생님."

"응."

"〈어린이의 세계The Children's Corner Suite〉 악보 있어요?"

"드뷔시를 안 좋아하는 거 아니었니?"

"드뷔시 곡 중에 몇 개만 좋아하지 않는 거예요. 그 악보 갖고 계세요?"

"어딘가에 분명 있을 거야."

하딩 선생은 간신히 일어나 악보집이 빼곡히 들어찬 선반 쪽으로 발을 끌며 걸었다. 열심히 찾다가 잠시 후 하나를 꺼내들고는, 먼지를 털어내며 중얼거렸다.

"언제 날 잡아서 모두 분류하고 정리해야겠어. 은퇴를 위한 소일거리가 되겠군. 자, 여기."

루크는 자리에서 벌떡 일어나 하딩 선생 쪽으로 걸어갔다. 선생은 루크의 어깨에 손을 얹어 몸을 지탱하면서 악보집을 건네주었다. 루크는 악보집을 펼쳐서 하딩 선생과 함께 목차를 살펴봤다. 하딩 선생이 곡명을 손가락으로 짚어 내려가며 말했다.

"이 중에 아주 좋은 곡들이 있지. 〈인형의 세레나데The Doll's Serenade〉나 〈어린 양치기The Little Shepherd〉는 내가 좋아하는 곡이야. 둘 다 참 아름다운 곡이지. 네가 드뷔시라는 작곡가를 제대로 평가해봤으면 좋겠구나. 그런데 〈어린이의 세계〉는 왜 찾았니?"

"그냥 보고 싶었어요."

루크는 페이지를 재빨리 넘기면서 각 곡의 첫 소절을 훑어봤다. 머릿속을 맴돌았던 그 곡조가 있나 찾아봤지만 결국 발견하지는 못했다. 사실 그렇게 기대하지는 않았다. 그의 귓가에 맴도는 곡조는 굳이 따진다면 드뷔시보다 오히려 슈만의 곡과 비슷했다.

하딩 선생은 원하는 페이지를 찾자 말했다.

"이걸 쳐보렴. 〈춤추는 눈송이The Snow is Dancing〉. 전부터 이 곡이참 좋더라. 특별히 치고 싶은 곡이 없다면 이걸 쳐보라는 거야. 단 〈골리워그의 케이크워크The Golliwog's Cake-Walk〉는 치지 마. 다들이 곡을 좋아하는 것 같던데 난 영 별로거든."

"선생님도 드뷔시란 작곡가를 제대로 평가하셔야겠네요."

하딩 선생이 한쪽 눈썹을 추켜올리며 말했다.

"할 말이 없구나. 그래도 날 놀리려면 좀 더 알아보고 놀리렴. 그래, 어서 더 해봐."

이 말 끝에 하딩 선생은 비틀거리듯 걸어가 안락의자에 몸을 던졌다.

"뭐든 좀 연주해보렴. 네가 원하는 거라면 뭐든 괜찮아. 네가 정말 원한다면 〈골리워그의 케이크워크〉도 좋아."

루크는 〈춤추는 눈송이〉를 연주했다. 연주를 시작한 순간 바로 알 수 있었다. 이건 전에 아빠가 자주 연주했던 곡이다. 지금 이 순간에도 마치 물줄기처럼 흐르며 머릿속을 맴도는 그 멜로디의 곡조는 아니었지만 그 자체로 아름다운 곡이었다. 루크는 연주를 하면서 점차 음악에 빠져들었고 이내 눈앞에 눈송이가 춤추는 영상이 어른거렸다.

하딩 선생은 움직이지 않았다. 그러나 루크는 자기 등 뒤에 미동도 없이 앉아 있는 하딩 선생을 느끼면서 연주를 계속했다. 흩날리는 눈송이의 영상이 눈앞에 환하게 펼쳐졌고 계속해서 그의 귓전을 때리던 그 곡조 역시 그의 마음속에서 동시에 울려 퍼지고 있었다. 드뷔시의 곡은 끝났지만 마음속에 흐르던 그 곡은 마치 속삭임처럼 계속해서 들려왔다. 그러다가 점차 그 곡도 사라졌다. 세상의 모든 소리가 사라진 듯했다. 루크는 피아노를 쳐다보며 잠자코 앉아 있었고 하딩 선생은 한숨을 내쉬었다.

"연주에 네 아빠의 느낌이 있구나. 고맙다. 행운을 빈다."

"행운을 빈다니요?"

루크가 피아노 의자에서 몸을 돌려 놀란 눈으로 하딩 선생을 바라보았다.

"지금 저를 내쫓으시는 건가요?"

"말했잖니. 너한텐 내가 필요 없단다. 새로운 선생을 만나야 해. 나보다 더 진보적이고 네가 정말로 존경할 만한 사람으로."

"전 선생님을 존경해요."

"고맙구나. 그래도 어쨌든 넌 새로운 선생님을 만나야 해."

"하지만 연주회는 어떡하고요? 선생님이 연주하라고 하신 리스트 곡을 연습해야 하는데요."

하딩 선생은 손사래를 치며 말했다.

"아, 그건 연주하지 말거라. 대가의 곡이라는 건 알지만 너한테 맞는 곡은 아니야. 네가 그 곡을 연주하게 하려고 왜 그렇게 열을 올렸는지 나도 모르겠구나. 네 재능을 선보여서 내가 반사이익을 좀 챙기려고 했던 것 같아. 이 나이에 참 주책없는 생각이었지."

"제가 그 곡을 연주할 실력이 안 된다는 말씀인가요?"

"네 실력이야 뛰어나지. 루크, 연습만 한다면 넌 빠른 시간 내에 어떤 곡이든 연주할 수 있을 거야. 그래서 네가 뛰어나다고 하는 거고. 하지만 말이다, 이건 기술에 대한 얘기가 아니야. 음악 자체에 대한 얘기지. 네 마음에 어떤 곡이 있는가에 대한 얘기라고. 넌 리스트 곡을 훌륭하게 연주할 수 있지만 그 곡이 네 마음에서 울리지를 않잖아. 진작 그 곡에 대한 부담을 덜어줬어야 했는데. 모두 이 늙은이의 허영심 때문이야. 연주회에서는 뭐가 됐든 네가 원하는 곡을 연주하렴. 그건 그렇고, 미란다의 연주를 도와줄 수 있겠니? 걱정을 굉장히 많이 하던데. 네게 도움을 청해보라고 몇 번이나 말했는데 아직 아무 말 못 들었지? 계속 망설이더라고."

"아니에요. 얘기 들었어요. 그래서 그렇게 하겠다고 했고요."

"아, 잘됐구나."

"하지만 이제 독창곡으로 뭘 연주해야 할지 모르게 됐네요. 그리고 진행순서는 어떻게 되나요? 진행표도 인쇄하셔야 하고……."

하딩 선생은 그에게 미소를 지으며 말했다.

"루크, 편하게 생각해도 뭐랄 사람 하나도 없어. 난 지난 40년 동안 그 연주회를 주관한 사람이야. 그러니 여유를 부릴 사람이 나 말고 또 누가 있겠니?"

"하지만 제가 뭘 연주할지 모르면 진행표를 인쇄하실 수가 없잖아요."

"걱정하지 마. 네 순서는 '루크 스탠턴: 개인 선택곡'으로 표기

할 테니까. 어떠냐?"

"너무 이상해요."

"그렇단 말이지. 그럼 가서 네가 연주하고 싶은 곡을 선택하렴. 네가 원한다면 이상한 곡이라도 괜찮아. 그리고 그날 저녁에 와서 연주하면 된단다. 전처럼 네가 연주회 저녁을 마무리하도록 네 순서를 마지막에 넣어놓을 테니까."

"그러면…… 제가 연주할 곡을 언제까지 알려드려야 하나요?"

하딩 선생이 눈동자를 굴리며 말했다.

"루크, 넌 정말 복잡하게 생각하는구나. 나한테 아무것도 알려줄 필요 없어, 알겠니? 그냥 그날 저녁에 나타나서 연주를 하고 우리 모두를 행복하게 해주면 돼."

루크가 창밖을 다시 쳐다보는데 아까 그 고양이들이 잔디를 슬그머니 지나가는 모습이 눈에 들어왔다. 녀석들은 잠시 후 창고 뒤로 사라졌다. 그때 우르릉거리는 소리가 다시 들렸다. 소리는 점점 커져서 그의 전신을 훑고 지나가는 동시에 그의 주변 곳곳을 휩쓸고 다니는 것 같았다. 그리고 그 성난 소리의 소용돌이 한복판에서 웅크리고 있는 듯한 소녀의 울음소리와 묘하게 구슬픈 선율이 다시 들려왔다.

늙은 하딩 선생은 다시 의자에 머리를 파묻고 천천히 눈을 감으며 말했다.

"섬은 소리로 그득하구나."

7

루크는 가만히 기다렸다. 그리고 엄마가 차를 타고 장을 보러 나가자마자 후다닥 위층 서재로 올라가서 컴퓨터 전원을 켰다. 집에 혼자 남겨져서 꽤 홀가분했던 루크는 최근에 사람들한테 너무 많이 치였기 때문에 마침 조금은 혼자 있고 싶었다. 하지만 이 순간조차 완전히 혼자라는 느낌은 들지 않았다. 생각의 갈피갈피를 비집고 소녀의 목소리가 다시 들려왔기 때문이다. 그는 그 소리를 무시하고 이메일 확인에 신경을 집중했다. 메일 두 통이 와 있었다. 하나는 미란다가 보낸 것이고 다른 하나는 모르는 주소였다. 하지만 그는 그 메일을 누가 보냈는지 단번에 알아차렸다. 메일 내용은 딱 한 문장이었다. 스킨은 발신자란에 자기 이름조차 쓰지 않았다.

자정이다.

루크는 눈살을 찌푸리며 메일을 삭제하고 미란다의 메일을 확인했다.

안녕, 루크!

연주회 도와준다고 말해줘서 고마워. 설령 내 플루트 연주가 별로더라도 피아노 연주가 훌륭할 거라고 생각하니 마음이 많이 놓여. 그래도 네가 난처하지 않도록 정말 열심히 노력할게. 약속해. 실은 멜라니랑 같이 연습한 적이 있는데 멜라니가 자신감이 너무 없더라고. 나처럼 말이야!! 연주 중간에 자꾸 멈추는 데다가 계속 안절부절못하고 코까지 훌쩍이는 바람에 난 그만 의욕을 상실해버렸지 뭐니. 네가 피아노 반주를 맡아준다면 별로 걱정하지 않아도 될 거 같아. 조만간 만나서 연습했으면 해. 물론 너야 피아노를 워낙 잘 치니까 연습할 필요가 없지만 나한텐 연습이 꼭 필요하거든. 너랑 같이 연습한다는 건 내게 정말 뜻 깊은 일이 될 거야. 내일 아침 열한 시쯤 시간 있니? 토비저그에서 해도 되고 아니면 내가 너희 집으로 갈게. 어느 쪽이든 난 상관없어. 내일은 부모님을 많이 도와드려야 해서 좀 바쁘긴 하겠지만 열한 시쯤에는 시간이 있거든. 그때 같이 연습하면 정말 좋을 것 같아. 그때가 괜찮은지, 그리고 어디

서 만날지 알려줘. 루크, 다시 말하지만 고마워. 이번 연주회는
나한테 정말 큰 의미거든. 사람들 앞에서 연주를 해본 적이 없
어서 정말 잘하고 싶어. 조만간 보자. 그럼 안녕.

루크는 곧바로 답장을 보냈다.

내일 괜찮아. 내가 열한 시에 토비저그로 갈게.
그럼 그때 보자.

루크가.

루크는 의자에 깊숙이 앉아 창밖을 바라봤다. 길 건너편, 빌 폴
리 씨 농장 들판이 늦은 오후의 햇살을 받아 눈부신 황금빛을 뿜
어냈다. 그는 헛간 주변을 훨훨 날아다니는 흰털발제비를 잠시 쳐
다보다가 고개를 돌려 엄마가 번역 작업을 할 때 사용하는 각종
노르웨이어 사전과 참고서적을 눈으로 훑었다. 바로 옆 벽에는 액
자가 걸려 있다. 액자 안에는 화학치료로 머리카락을 잃기 전의
아빠가 앨버트 기념관 밖에서 환하게 웃고 있었다. 사진 맨 밑에
는 엄마가 아빠에게 사진을 주기 전에 직접 쓴 글씨가 보였다.

멋진 남편 매튜에게. 사랑하는 커스티가.

루크는 더 이상 사진을 볼 수 없어 두 눈을 감아버렸다. 그런데 감은 눈앞에 펼쳐진 어둠 속에서 놀랍게도 푸른빛이 도드라졌다. 그는 연못에 일렁이는 잔물결 같은 그 빛을 바라보면서 묘한 안도감을 느꼈다. 그러자 익숙한, 우르릉거리는 소리가 들리기 시작했다. 이번에는 세찬 파도 소리라기보다는 윙윙거리는 소리에 가까웠지만 강력하고 또렷하기는 여느 때와 마찬가지였다. 루크는 책상 모서리를 꽉 쥐고 귀를 기울였다.

'이건 무슨 소리지? 어디서 나는 소리일까?'

이제 생각해보니 그 소리는 항상 존재했던 것 같다. 절대 꺼지지 않는 엔진처럼 소리가 자기 내부에 울려 퍼지는 것을 느꼈다. 그 외에도 여러 가지 소리가 들렸다. 새가 지저귀는 소리, 비행기가 윙윙거리는 소리, 빌 폴리 씨가 헛간 옆에서 누군가와 얘기하며 낭랑하게 웃는 소리. 하지만 다른 모든 소리보다 그 미세한 웅얼거림이 더 크게 느껴졌다. 감은 눈앞에 펼쳐진 푸른빛이 더욱 짙어졌고 시야 가장자리에 금빛 얼룩이 점점이 흩뿌려졌다.

루크는 그 풍경이 불편해서 눈을 확 떴다. 눈앞에 펼쳐진 풍경과 소리가 무섭지는 않았지만 마음이 어지러웠다. 문득 엄마의 이메일을 훔쳐보고 싶다는 생각이 들었다. 불편한 마음으로 모니터를 바라보니 겁도 나고 동시에 거북한 기분이 밀려들었다. 미안해서가 아니라 —물론 엄마에게 미안하기도 했지만— 어떤 메일을 발견하게 될지 두려웠기 때문이다. 전에 셜 선생님이 엄마에게 내 수업 태도를 지적한 이메일을 보냈을지도 모른다는 생각이 들었을 때, 딱 한 번 이런 행동을 한 적이 있었는데 그때도 지금처럼 기분이 몹시 안 좋았다. 아무것도 발견하지 못했는데도. 하지만 이번만큼은 꼭 확인해야 했다. 엄마와 길모어 씨의 관계에 대해 알아야 했다. 두 사람이 이메일을 주고받았다면 아마 결혼 문제도 논의했을 것이다. 루크는 두 사람이 어떤 말을 나눴는지 꼭 알아내야 했다.

루크는 비밀번호가 바뀌지 않았기를 바라며 숨을 골랐다. 지난번 비밀번호는 알아내기 쉬웠다. 엄마는 좋아하는 작곡가 이름을 비밀번호로 사용하기 때문이다. 그는 잠시 숨을 멈추고 그 단어를 다시 입력했다.

edvardgrieg(에드바르드 그리그)

로그인 성공. 편지함에는 노르웨이의 번역 의뢰인이 보낸 메일이 가장 많았다. 그는 발신인 목록을 하나하나 확인하며 훑어 내려가다가 마지막 줄에서 자기가 찾는 이름을 발견했다.

로저 길모어

루크는 눈살을 찌푸리며 발신 날짜와 시간을 확인했다. 메일은 그가 하딩 선생 집에 가 있는 사이 온 것이었다. 그는 자판을 손가락으로 툭툭 치며 망설이다가 기어이 메일을 클릭했다. 스킨이 보낸 메일처럼 내용이 짧고 발신인도 적혀 있지 않았다.

그래야 한다면 영원히 기다리겠소.

그 밑에는 엄마가 보냈던 메일이 따라붙어 있었다.

로저, 조급해하지 말고 기다려줘요. 곧 대답을 해드릴게요.
커스티.

루크는 자기 메일함으로 돌아왔다. 엄마의 메일함에서 빠져나와 마음이 놓이기는 했지만 그 어느 때보다 불쾌한 기분이 몰려들었다. 그래야 한다면 영원히 기다리겠다니, 절로 눈살이 찌푸려졌다.

'도대체 길모어 아저씨는 왜 엄마와 사랑에 빠진 거야? 다른 사람이면 안 되는 거야? 여자가 엄마 한 명도 아닌데, 세상에 아름다운 여자가 얼마나 많은데! 아저씨는 도대체 왜 그러는 거야!'

루크는 치미는 화를 자기 안에 꼭 붙들어놓겠다고 다짐하면서 주먹을 꽉 움켜쥐었다. 하지만 얼마 안 가 주먹은 맥없이 풀리고 말았다. 길모어 씨가 거만하거나 지루하거나 우둔한 사람이라면 오히려 문제가 수월했으리라. 물론 아무리 그래도 루크는 여전히 그를 미워했겠지만. 하지만 아무리 냉소적으로 생각하려 해도 길모어 씨는 나쁜 사람이 아니었다. 그가 가진 유일한 단점은 아빠의 아내였던 여자와 사랑에 빠졌다는 것뿐이다.

아빠의 아내…….

루크는 그 말에 마음이 찢기는 듯했다. 저도 모르게 눈물이 주르르 흘렀다. 그는 주먹을 더 불끈 쥐었다.

'지지 않을 거야. 싸울 거야.'

루크는 화면을 뚫어지게 노려보다가 충동적으로 '메일 쓰기'를 눌렀다. 수신인 주소란에 커서가 깜빡였다. 그러고는 히스테리를 부리듯 주소를 입력해 넣었다.

dad@heaven.com

그러다 문득 손을 멈췄다.

'내가 지금 도대체 뭘 하고 있는 거야?'

화가 불쑥 치밀었다. 하지만 그만둘 수가 없었다. 멈출 수가 없었다. 루크는 상상으로 만들어낸 이메일 주소를 노려보다가 글자를 입력하기 시작했다.

왜죠?

갑자기 걷잡을 수 없을 정도로 눈물이 흘러내렸다. 그는 눈물을 닦을 생각도 못하고 계속 글자를 입력했다.

왜 대답을 못하는 거죠?

메일을 보내고 컴퓨터를 끈 후 두 손에 얼굴을 파묻었다. 바보 같은 행동이라는 건 알고 있다. 분명 메일은 주소불명으로 되돌아올 것이다. 그러면 메일을 보냈을 때보다 더 비참한 기분이 들 것이었다. 하지만 그에게는 지금 그것까지 생각할 겨를이 없었다. 두 손에 얼굴을 묻고 아빠를 생각하면서 계속 흐느꼈다. 한참이 지난 후에야 조금 진정이 됐다. 눈물을 닦아낸 후, 의자에 기대 창밖을 내다봤다. 하늘은 흐렸고 들판은 차가운 잿빛이다.

소녀의 목소리와 깊은 웅얼거림 대신 새소리만 들렸다. 그리고 뒤이어 놀랍게도 나지막한 음악소리가 들려왔다.

워낙 작게 들려서 그 음률이 제대로 전달되지는 않았지만 아래층 음악실에서 들려오는 피아노 소리 같았다. 말도 안 되는 일이었다. 집 안에는 그 말고 아무도 없다. 잘못 들었겠지, 루크는 다시 귀를 기울였다. 그런데 분명 아래층에서 소리가 들려왔다. 그건 그렇고 무슨 곡이지? 한 번도 들어본 적 없는 곡이지만 묘한 아름다움이 느껴졌다. 무엇보다 이상한 것은 그것이 미완성곡이라는 점이었다. 곡은 잠시 연주되다가 중간 소절에서 멈췄다가 처음부터 다시 연주됐다. 그 곡은 여러 번 반복된 후에야 사라졌다.

자리에서 일어나 서재 문 쪽으로 걸어갔다. 주위는 거짓말처럼 고요했다. 방금 전의 음악소리가 상상 속에서 나온 게 아닌가 의심스러울 정도였다. 그런데 그때 음악소리가 다시 들려왔다. 부드러우면서도 또렷하게. 그는 두려움을 느끼면서 아래층으로 살그머니 발걸음을 옮겼다.

음악소리는 점점 작아졌지만 여전히 분명하게 들려왔고 아까와 똑같은 부분에서 멈췄다가 처음으로 되돌아가 시작되기를 반복했다. 마치 누군가가 어떤 곡의 몇 소절을 완벽하게 익히려고 반복해서 연습하는 것 같았다. 음악실 앞까지 걸어가서 잠시 망설이다가 힘껏 문을 밀어 열었다. 어찌된 일인지 소리가 한층 희미해졌다. 집 안은 침묵에 싸였지만 음악소리는 냄새처럼 집 안을 떠돌고 있었다. 그는 천천히 피아노 앞에 가 앉았다. 다시 음악소리가 들려왔다. 건반을 내려다봤다. 건반은 미동도 없이 제자리를 지키고 있었지만 에너지로 넘쳐 빛이 나는 것처럼 보였다.

루크는 머릿속에 떠오르는 곡조를 따라 건반 위 허공에서 손가락을 움직였다. 그러다가 건반 하나를 진짜로 누르고는 피아노 소리에 화들짝 놀랐다. 머릿속에 떠도는 곡조를 따라 건반을 계속해서 눌렀다. 처음에는 귀에 들리는 멜로디의 끈을 놓칠까 봐 조바심이 났지만 곡은 이미 그에게 강하게 각인되어 있었다. 점점 자신감을 가지고 듣고 연주하고 또 듣고 연주하는 일을 반복했다. 그리고 자신이 지금 무척 즐거워하고 있다는 것을 깨달았다. 그 순간 피아노가 말을 걸어오는 듯한 느낌이 들면서 갑작스럽게 선율이 머릿속에서 사라졌다.

또다시 정적이 흘렀다.

루크의 두 손은 어디로 갈지 모르고 건반 위에 그대로 멈춰섰다. 선율은 중간소절에서 멈췄다. 그리고 그는 생각의 한가운데 빠져들었다.

'이 다음은 어떻게 이어지는 걸까?'

알 수 없었다. 창문을 바라보니 구름 사이로 한줄기 빛이 나타났고 아빠가 몇 년 전 구입한 오래된 하프가 그 빛을 받아 환하게 빛났다. 그러다 구름이 다시 몰려들어 햇빛이 사라졌다. 빌 폴리 씨 농장 위 하늘이 일순간 어둑해졌다. 루크는 다가올 자정을 떠올렸다. 애초에 스킨 패거리와 엮이지 않았더라면 얼마나 좋았을까, 하는 생각에 눈살이 저절로 찌푸려졌다. 하지만 이미 일은 시작됐다. 이번에 또 실패한다면 더 가혹한 대가를 치를 것이다. 수수께끼의 소녀를 다시 볼 수 있을지 모른다는 기대도 앞으로 닥칠 일에 대한 불안을 없애주지는 못했다.

루크는 피아노를 내려다보며 왠지 아빠를 떠올리게 하는, 미완성의 그 곡을 다시 한번 들어보려 귀를 기울였다. 하지만 그 곡은 이미 사라지고 없었다. 마치 한순간에 사라진 아빠처럼……

8

자정에 찾아간 그랜지는 전보다 더 으스스했다. 루크는 담 너머 집의 희미한 윤곽을 멀거니 바라보다가 스킨 일행에게 시선을 돌렸다. 아무 말 없이 자기를 바라보는 패거리의 눈초리에서 그들의 속마음을 읽을 수 있었다. 또다시 그가 기대를 저버리는지 어쩌는지 보려고 벼르고 있는 것이다. 스킨이 목소리를 낮추며 날카롭게 말했다.

"모두 너한테 달렸어. 우리가 생각하는 것처럼 네가 겁쟁이가 아니라는 사실을 보여줄 때가 된 거야."

옆에서 다즈가 맞장구치는 말을 낮게 웅얼거렸다.

스킨은 집을 훑어본 후 다시 루크를 쳐다봤다.

"이 시간에는 열려 있는 창문이 많으니까 그만큼 선택지도 많지. 좋지 않냐?"

정말 그랬다. 어제 타고 올라간 서재 창문 하나와 그 왼쪽 창문 둘, 그렇게 2층 창문이 세 개 열려 있었고 집 꼭대기 채광창도 열려 있었다. 루크는 채광창을 올려다보며 소녀를 생각했다. 그때 스킨이 팔을 쿡 찌르며 털모자를 불쑥 내밀었다.

"이걸 뒤집어써. 그 못생긴 할멈이랑 마주칠 수도 있으니까."

"싫어. 소리를 잘 들어야 한단 말이야."

루크가 모자를 밀쳐냈다.

"그럼 맘대로 해."

스킨은 털모자를 주머니에 다시 찔러 넣고 루크에게 바짝 다가갔다. 그의 두 눈은 전에 봤던 것과 같은 시커먼 불길로 타오르고 있었다.

"기억해. 이번에는 다르다고. 그 할멈이 집 안에 있으니까 조용히 해야 돼. 안에 들어가면 상자만 찾아. 아무리 관심 가는 게 있어도 시간 허비하지 말고. 훔칠 만한 게 있으면 기억만 해둬. 나중에 다시 오면 되니까. 지금은 그 상자만 생각해. 한 이정도 크기야."

스킨이 두 손으로 크기를 어림잡아 보였다.

"모양새는……."

"어떻게 생겼는지 알아. 전에 말했잖아."

스킨이 그를 다시 훑어보며 말했다.

"그렇군. 그럼 이제 가서 가져와."

"침실에 있으면 어떡해?"

"그럼 특별히 더 조용히 해야 하지 않겠어?"

"작은 쥐새끼처럼 말이지. 찍찍 찍찍."

다즈가 끼어들었다.

"찍찍 소리도 안 돼. 그 할멈이 들을 거야."

스피드가 킬킬거리며 말했다.

다즈와 스피드는 히죽히죽 웃었지만 스킨은 굳은 표정이었다.

"조심하기만 하면 그 할멈은 아무 소리도 못 들을 거야. 급하게 움직이지 마. 살금살금 다니다가 상자를 찾아내면 냉큼 그걸 가지고 밖으로 나와. 유일하게 그때가 위험한 순간이지. 딸깍하고 문 여는 소리가 들릴지 모르거든. 그러니까 문 밖으로 나오면 우리가 신호를 줄 때까지 그대로 서 있어. 위층 창문을 보면서 할멈이 창밖을 내다보는지 확인해줄 테니까. 안전하다는 신호를 받으면 상자를 가지고 대문으로 나와 건네주기만 하면 돼."

"리틀 부인이 창문 밖을 내다보고 있으면 어떡해?"

"그럼 그대로 가만히 있으라는 신호를 보낼게."

"현관에서 마냥 기다릴 수도 없잖아. 거기 누가 있다는 걸 부인이 알아챘다면 말이야."

"아니, 현관 앞에 잘 숨어 있으면 할멈은 어떤 창문에서도 널 못 볼 거야. 할멈이 창가를 떠나서 아래층으로 내려오거나 경찰이나 누구를 부르려고 하면 우리가 신호를 보낼 테니까 그때 잽싸게 도망쳐. 이런 것쯤은 아무것도 아니지."

루크는 누군가 이 일을 말려줄까 싶어서 일행을 둘러봤지만, 여기서 빠져나갈 방법이 없다는 것만 확인했을 뿐이다.

"그럼 이따 봐."

루크는 한숨 섞인 인사를 건넨 후 패거리를 은신처에 남겨두고 길 쪽으로 나가서 대문까지 걸어갔다. 정적에 휩싸인 집이 그 앞에 우뚝 서 있었다. 오른쪽으로 버클랜드 숲의 나무들이 밤하늘 아래서 살랑살랑 움직이는 모습이 보였다. 대문을 타고 넘어가 자갈길 위를 살금살금 걸었다. 그리고 잔디가 시작되는 지점에 도착하자마자 집 뒤쪽으로 달리기 시작했다. 지난번 그 창문으로 들어가야겠다고 진작 결심을 해둔 터였다. 그곳이 집 안으로 들어가는 가장 쉬운 통로였고 들어가면 바로 서재라서 리틀 부인과 마주칠 가능성이 가장 적었다. 뭔가 소리를 듣고 무슨 일인지 확인하러 오지만 않는다면 말이다. 조심스럽게 배수관 앞에 도착하자 인동덩굴 냄새가 훅 끼쳐왔다. 배수관을 타고 이내 2층에 도착해 창문으로 손을 뻗었다. 손힘이 강하다는 사실에 자신도 모르게 감사한 기분이 들었다. 갑자기 레이크 지방에서 함께 등반을 하다가 아빠가 그의 손을 꽉 잡았던 때가 떠올랐다. 그때 아빠는 이렇게 말했다.

"보통 손이 아니야. 아주 특별한 손이지. 강하고 감각도 예민

하고. 등반하기에도, 피아노 치기에도 딱 좋은 손이야. 넌 이 손으로 네가 원하는 건 뭐든지 할 수 있어. 그러니까 이 손을 나쁜 데 쓰지 말거라."

그런데 루크는 지금 나쁜 일에 두 손을 쓰고 있다. 루크는 입술을 꽉 깨문 채 쏟아지는 달빛을 받으며 서재 안으로 훌쩍 넘어들었다. 어두운 구석으로 걸어가 가만히 서서 귀를 기울였다. 집 안에서는 어떤 움직임도 느껴지지 않았고 어떤 소리도 들리지 않았다. 소녀의 울음소리조차도.

루크는 잠시 귀를 기울이다가 서재 문으로 살금살금 걸어가 주변을 둘러보았다. 창문을 통해 들어온 달빛이 창 맞은편 선반에 놓인 작은 조각상을 비추었지만 계단참은 어두웠다. 마치 작은 괴물 같은 조각상이 그를 노려보는 듯했다. 계단참 왼쪽 끝에 있는 문에서도 한줄기 달빛이 새어 나왔다. 그는 눈살을 찌푸렸다. 저기가 리틀 부인의 침실이고 부인이 침실 문을 열어둔 거라면 더 조심스럽게 움직여야만 했다. 그런데 만약 상자가 침실에 있다면 어떻게 한단 말인가?

하지만 그는 발걸음을 반대방향으로 돌렸다. 상자는 나중에 찾아도 된다. 우선은 소녀에 대해 알아내야 했다. 이 일이 상자를 훔치는 일보다 더 위험하리라는 건 알고 있었다. 한마디 말을 건네기도 전에 소녀가 놀라서 비명을 지르는 한이 있어도, 소녀가 누구고 무슨 사연이 있는지 알아내고 싶었다. 소녀의 목소리는 들리지 않았지만 그는 소녀의 존재를 확실히 느낄 수 있었다. 분명 소녀는 이 집 어딘가에 있다. 계단참 끝, 바닥에서 살짝 올라간 문 쪽으로 조심스럽게 걸어갔다. 전에 소녀가 갇혀 있던 그 방부터 살펴봐야 했다. 겁에 질린 그 얼굴을 다시 볼 생각을 하니 많이 두렵기는 했지만……

루크는 문으로 다가가 가능한 한 살며시 문을 열고 귀를 귀울인 채 잠시 서 있었다. 여전히 아무 목소리도 들리지 않았고 움직임도 전혀 느껴지지 않았다. 그는 다락방으로 연결된 계단을 두근거리는 마음으로 바라보다가 용기 내서 발걸음을 뗐다. 정적이 너무 깊어 자신의 걸음소리가 집 안 곳곳에 울려 퍼지는 기분이 들었다. 위쪽 계단참에 도착해 걸음을 멈췄다. 화장실 문이 열려 있었지만 안을 들여다보지는 않았다. 소녀가 거기에 없으리라는 걸 직감적으로 알았다. 이번에는 침실 문에 시선을 고정했다. 문은 전처럼 굳게 닫혀 있었다. 이번에도 문이 잠겨 있을까? 까치발로 걸어가 몸을 문에 기대고 안에서 무슨 소리가 나는지 귀를 기울였지만 아무 소리도 들리지 않았다. 손잡이를 잡고 숨을 천천히 내쉰 다음 손목을 돌렸다. 문은 잠겨 있지 않았다. 가볍게 딸깍하는 소리를 내며 스르르 문이 열렸다. 방 안에서 혹시 비명 소리가 들리지는 않을까 싶어 온몸이 굳어졌지만, 그런 소리는 들리지 않았다. 다시 숨을 천천히 내쉰 후 방을 들여다볼 수 있을 만큼 방 문을 조금 더 열었다.

불은 꺼져 있었지만 채광창을 통해 들어온 달빛으로 방 안이 허옇게 드러났다. 아무도 없다. 하지만 소녀가 이 방에 사는 건 분명해 보였다. 침대에 사람이 잔 흔적은 없었지만 소녀의 옷가지가 바닥에 널브러져 있었다. 그는 불안한 마음으로 주위를 둘러봤다. 소녀는 어디에 있단 말인가? 침대를 다시 물끄러미 바라봤다. 그러다 불현듯 소녀가 침대 밑에 숨어 있을지도 모른다는 생각이 들었다. 갑자기 침대 밑으로 얼굴을 들이밀면 소녀가 기겁을 하겠지만 지금 확인해야 한다고 생각했다. 침대 옆에 무릎을 꿇고 앉아 잠시 시간을 두고 속삭였다.

"소리 지르지 마. 제발 소리 지르지 마. 널 해치지 않겠다고 약속할게. 난 네 친구야."

그렇게 나지막이 속삭인 후 침대 밑을 들여다봤다.

하지만 보이는 건 슬리퍼 한 켤레뿐이었다. 허탈한 마음으로 일어나 몸을 돌려 문을 바라보는 순간 두려움이 엄습했다. 집은 괴괴한 적막에 휩싸여 있었다. 그는 계단을 살그머니 걸어 내려가 계단참을 응시했다. 앞에 놓인 계단참은 으스스하고 고요했으며 서재와 맨 끝 방의 열린 문틈으로 새어나온 달빛만이 그 부근을 환하게 밝히고 있었다. 루크는 서재 쪽으로 조심스럽게 발걸음을 옮겼다.

이제 서재 문 앞에 멈춰 서서 창문 쪽을 응시했다. 창밖으로 뜰 남쪽 끝에 서 있는 자작나무 가지와 별들이 점점이 흩뿌려진 밤

하늘이 보였다. 그는 이곳에서 벗어나고 싶은 충동을 느꼈다. 다시 배수관을 타고 내려가 어둠을 가르고 멀리 달아나고 싶었다. 하지만 빈손으로 돌아가면 스킨이 무슨 짓을 할지 불 보듯 뻔했다. 상자를 못 찾았다고 말해도 아무 소용없을 것이었다. 스킨은 전보다 훨씬 더 흠씬 루크를 팬 다음 이 일을 다시 시킬 게 분명했다.

루크는 계단참 저쪽 끝에 있는 방을 빤히 쳐다봤다. 우선 저 방으로 들어가야 한다. 다른 방문은 모두 닫혀 있기 때문에 문을 열 때 딸깍하는 소리나 삐걱거리는 경첩소리가 들릴 수 있지만 달빛이 새어나오는 맨 끝 방의 열린 문은 그럴 염려가 없었다. 반쯤 열린 문 안으로 고개를 들이밀기만 하면 된다. 그는 두 사람이 어디에 있는지 감지하려고 애쓰며 눈을 크게 뜨고 귀를 기울이고 문으로 다가갔다. 달빛이 점점 환해지더니 맞은편 벽에 놓인 선반 구석구석까지 비추었다. 여러 조각상 가운데 유독 하나가 눈에 들어왔다. 플루트를 들고 춤추는 작은 조각상을 보니 왠지 하딩 선생의 음악실에 있던 조각이 떠올랐다. 숨을 죽이고 귀를 기울였다.

계속되는 침묵. 루크는 문에 더 바싹 다가갔다. 손과 두 뺨과 이마에 땀이 맺히는 게 느껴졌다. 이 방에 누가 있는 걸까, 리틀 부인일까, 소녀일까? 둘 다일까? 아니면 둘 다 다른 방에 있는 걸까? 그는 한 발짝 더 다가가 멈춰 섰다. 이제 반쯤 열린 문은 바로 눈앞에 있다. 열린 문 사이로 커튼이 되는 대로 쳐진 창문 한 개와 틈을 통해 들어온 달빛이 보였다. 달빛은 바닥과 계단참과 루크를 고루 비췄다. 창문 밑 화장대 위에는 여러 가지 물건이 놓여 있었다. 팔찌, 헤어롤, 머리빗, 바늘집, 손톱가위, 그리고······ 큰 상자!

그는 온몸이 굳을 정도로 흥분해 상자를 뚫어지게 쳐다봤다. 그 상자가 틀림없었다. 상자는 스킨이 설명한 그대로다. 옆면이 검은 벨벳이고 뚜껑에 은색 구슬장식이 있으며 정면에는 특이한 장식 술이 달려 있다. 그는 주먹을 불끈 쥐었다. 성공이 눈앞에 보였다. 소녀는 찾지 못했지만 이 상자만 손에 넣는다면 스킨의 괴롭힘에서 벗어날 수 있으리라. 이제 슬그머니 방 안에 들어가 상자를 가져오기만 하면 된다.

'여기가 침실이라면 침대는 문 안쪽 오른편에 있을 테고 그 위에 리틀 부인이나 소녀가 누워 있겠지.'

숨소리가 들리는지 귀를 기울였지만 들리는 건 자기 숨소리뿐이었다. 마음을 다잡고 문 안으로 고개를 디밀어 죽 둘러보았다.

순식간에 온몸의 긴장이 풀렸다. 방에는 아무도 없었다. 실제로 문 옆쪽에 침대가 있긴 했지만 비어 있었다. 그러나 누군가 방금까지 자고 있었던 듯 시트와 깃털이불이 큰 동굴 모양으로 뒤엉켜 있었다. 루크는 리틀 부인과 소녀가 어디 있는지 알 수 없어 불안했다. 저절로 미간에 힘이 들어갔다. 하지만 이제 곧 스킨에게서 벗어날 수 있을 거라는 생각에 모든 상황이 긍정적으로 보였다. 소리를 내지 않으려 조심하며 상자 쪽으로 슬금슬금 걸어갔다.

그런데 순간 뒤에서 어떤 소리가 들렸다. 일부러 내뱉는 작은 기침소리가. 심장이 덜컥거리고 머리카락이 쭈뼛 섰다. 루크가 공포에 휩싸여 뒤돌아보니 문 앞에는 리틀 부인이 서 있었다.

9

리틀 부인은 한 손에 무선 전화기를, 다른 한 손에는 막대기를 들고 있었다. 루크는 부인이 얼굴을 보지 못하도록 고개를 돌렸다. 어두워서 잘 안 보였을 테니 부인이 불을 켜기 전에 옆으로 후다닥 달려 나간다면 그가 누군지 알아채기 전에 달아날 수 있을지도 모른다. 리틀 부인은 루크가 그런 생각을 하자마자 마치 그 생각을 읽었다는 듯 나직이 코웃음을 치며 경멸하는 투로 말했다.

"달아날 생각 따윈 하지 마. 그러면 너만 불리해져. 난 네가 누군지 다 안다. 루크 스탠턴. 마을에 사는 그 촌스런 놈들하고 어울려 다니지. 스킨하고 다즈하고 그 뚱뚱한 녀석하고 말이야. 아, 그 녀석 이름이 뭐더라?"

부인은 루크가 아니라 스스로에게 묻는 것처럼 말하고는 이내 생각났다는 듯 말을 이었다.

"맞아, 스피드! 어째 하나같이 껄렁한 놈들이냐."

부인은 그의 얼굴을 하나하나 뜯어보며 말했다.

"경찰에 신고했으니까 너나 나나 이제 잠자코 기다리는 일만 남았구나."

루크는 그 자리에 그냥 얼어붙은 듯 서 있었다. 두려움을 드러내지 않으려고 애쓰면서. 부인 말이 맞다. 도망쳐봐야 부질없는 짓이다. 부인 옆으로 잽싸게 달려 나갈 수는 있겠지만 그게 다 무슨 소용인가? 부인은 이미 그의 이름까지 알고 있다. 당연히 그가 어디에 사는지도 알 것이다. 어쩌면 그가 집 안으로 들어오는 모습을 지켜보고 있었을지도 모른다. 부인이 또 그의 생각을 읽어낸 듯 말했다.

"그래, 난 네가 대문으로 넘어 들어올 때부터 보고 있었다. 다른 녀석들도 같이 왔는지는 모르겠다만."

루크는 이게 질문이라는 걸 알았지만 잠자코 있었다. 부인이 눈을 가늘게 뜨며 다시 말했다.

"네가 지난밤 우리 집에 침입한 녀석들 가운데 한 명이렸다."

이 말도 질문이라는 걸 알았지만 루크는 이번에도 잠자코 있었다. 최대한 반항적인 눈빛으로 부인을 쳐다보는데, 쉽지가 않았다. 이 모든 상황이 불러올 결과가 두려웠고, 그리고 무엇보다 눈앞에 서 있는 리틀 부인이 두려웠다. 부인은 늙고 연약하지만 무서운 사람이다. 침묵하며 그를 뚫어지게 쳐다보던 리틀 부인이 또다시 경멸하듯 코웃음을 쳤다.

"그래, 물론 대답하지 않겠지. 하지만 나는 네가 그 녀석이라는 걸 안다. 분명히 누군가 서재 창문을 타고 넘어왔었어. 카펫에 작은 흙 자국이 묻었는데, 그건 내가 한 짓이 아니거든. 누군가 여기 왔었다는 증거는 그뿐이 아니다. 누가 나한테 말해주었거든."

부인은 침대 쪽을 보더니 놀랍게도 그에게 쓰던 날 선 말투와는 사뭇 다른 묘한 목소리로 말을 하기 시작했다. 구슬리는 듯한 부드럽고 낮은 목소리.

"이제 괜찮아. 나와도 돼. 이 아이는 널 해치지 않는단다."

처음엔 아무 일도 일어나지 않았다. 그러나 곧 뒤엉켜 있던 침구가 갑자기 움직이면서 얼굴 하나가 불쑥 나타났다. 루크는 그 얼굴을 쳐다봤다. 다락방에서 보았던 바로 그 소녀. 작은 이목구비와 매끄러운 검은색 머리. 소녀는 탐색하듯 눈동자를 굴리고 머리를 이리저리 흔들다가 작고 불안한 목소리로 말했다.

"할……머니, 할머니……."

"그래, 아가. 할머니 여기 있다."

리틀 부인이 힘들게 침대 쪽으로 걸어가며 대답했다. 소녀는 팔을 내밀었지만 어두워서 리틀 부인의 얼굴을 보기 힘들다는 듯 연신 눈동자를 이리저리 굴렸다. 리틀 부인은 무선 전화기와 막대기를 내려놓고 침대에 걸터앉았다. 소녀가 단번에 두 팔을 벌려 부인을 껴안았다.

"할머니……."

"그래, 할머니야."

노파는 꼭 껴안은 소녀의 머리카락과 얼굴을 쓰다듬으며 말했다. 루크는 어떻게 해야 할지 몰라 그 모양을 그냥 지켜보기만 했다. 지금이라면 손쉽게 달아날 수 있겠지만 그래봤자 아무 소용 없을 것 같았다. 그리고 무엇보다 그는 눈앞의 광경에 정신을 빼앗기고 말았다. 못생긴 노파와 자기 삶 전체를 의지하는 것처럼 그 노파에게 매달려 있는 소녀. 리틀 부인은 옆에 있을 루크는 안중에도 없다는 듯 계속 소녀를 어루만지며 안심시키는 말만 중얼거렸다. 그 말이 효과가 있었는지 소녀는 눈에 띄게 진정되기 시작했다. 잠시 후 부인이 소녀의 머리에 입을 맞추고 약간 큰 목소리로 말했다.

"그래, 그 애는 저쪽 벽 옆에 있어. 인사하지 않으련?"

소녀는 말없이 리틀 부인의 목에 얼굴을 파묻기만 했다. 루크는 노파가 보내는 강한 시선에 어쩔 수 없다는 듯 어색하게 입을 열었다.

"아, 안녕."

소녀는 이번에도 말이 없었다. 긴 침묵이 흘렀다. 루크는 그 자리에 붙박인 듯 계속 서 있었다. 소녀의 상태는 아까보다 진정돼 보였지만 리틀 부인에게 계속 매달려 있었고 부인은 그런 소녀를 어루만지고 입 맞추고 안아주었다. 루크는 불안함 속에서도 홀린 듯 그 광경을 바라보았다. 노파가 갑자기 그를 올려다보며 말했다.

"이 애가 널 무서워한다. 어젯밤 내가 없을 때 겪었던 일 때문에 이렇게 온종일 무서워한다고. 그래서 오늘 밤에는 내 옆에서 재운 거야."

"해칠 생각은 없었어요."

"그건 나도 알아."

루크는 이 말이 그에 대한 믿음의 표현이 아니라 어떤 협박 같다는 생각이 들었지만 부인이 다시 말을 이었을 때 그 생각이 틀렸음을 깨달았다.

"이 애를 해칠 생각이 없었다는 거 안다. 네가 바보같이 어울려 다니는 그 녀석들과 넌 다르니까."

루크는 시선을 창문으로 돌렸다. 바깥 어딘가에서 '그 녀석들'이 집 안에서 무슨 일이 벌어지는지 궁금해하고 있을 터였다. 아니, 어쩌면 아무 관심 없을지도 모른다. 어제 일에 대한 벌로 루크를 위험에 빠뜨리는 게 목적이었을지도 모르니까. 루크는 상자를 바라보았다.

'아니야, 그럴 리 없어. 스킨은 진짜로 이 상자를 원했던 거야.'

하지만 이제 그 상자를 손에 넣을 방도는 사라졌다. 계획은 수포로 돌아갔다. 경찰에 신고가 들어갔고 이제 골치 아픈 일만 남았다. 머릿속에 엄마가 떠올랐다. 그리고 엄마가 이 일을 어떻게 받아들일지도 생각했다. 그때 리틀 부인이 다시 말했다.

"사실은 경찰에 전화하지 않았다."

"뭐라고요?"

"'뭐라고요'가 아니라 '뭐라고 말씀하셨어요?'라고 해야지."

"뭐라고 말씀하셨어요?"

루크가 심드렁하게 말했다.

"경찰에 전화하지 않았다고. 하지만 아예 안 하겠다는 뜻은 아니다. 우선 얘기를 좀 하자고."

루크는 이게 무슨 말인가 싶어 부인을 쳐다봤다. 리틀 부인은 여전히 무서웠지만 부인의 태도는 조금 부드러워진 것처럼 보였다. 그건 소녀를 대하는 부인의 태도 때문일 수도 있고, 아니면 단순하게 경찰에 연락하지 않았다는 부인의 말 때문일 수도 있다. 그가 말을 고르고 있을 때 부인이 먼저 입을 열었다.

"아래층에서 얘기하자."

리틀 부인은 소녀와 밀착된 몸을 천천히 떼어냈지만 소녀는 부인을 놓아주지 않았다.

"괜찮아."

노파는 손으로 소녀의 볼을 어루만지며 속삭였다.

"괜찮아. 금방 돌아올 거야. 잠깐이면 된다."

그러자 소녀가 조금씩 몸을 뗐다. 리틀 부인은 소녀 쪽으로 몸을 기울이고 침구를 다시 정리하며 부드러운 목소리로 말했다.

"자, 우리 이걸 저기에 접어놓을까? 그래, 잘했어. 그리고 저 작은 이불은 저기에 접어놓을까? 그렇지. 훨씬 나아졌지? 좋아. 자, 이제 다시 누워서 눈을 감으렴. 응? 왜 그러니?"

리틀 부인이 고개를 가까이 숙이자 소녀가 귀엣말을 했다. 루크에게는 들리지 않았지만 노파는 금방 소녀의 말을 알아듣고 대답했다.

"아니야, 널 해치지 않아. 할머니가 약속할게. 저 사람은 널 해치지 않아."

노파는 아이의 얼굴을 다시 한번 어루만졌다.

"자, 이제 자려무나. 할머니는 잠깐 아래층에 갔다가 곧 올라올게. 그때 꼭 껴안고 같이 잘 거야. 그럼 잘 자렴."

소녀는 아무 말도 하지 않았지만 진정된 것처럼 보였다. 두 눈을 감은 소녀는 깃털이불을 바짝 끌어당겨 얼굴만 밖으로 내놓았다. 루크는 소녀가 자기를 무서워한다는 생각에 언짢아졌다.

'그때 열쇠구멍을 통해서 본 소녀의 얼굴에 서려 있던 두려움이 과연 나 때문이었을까?'

하지만 소녀는 그를 보기 전부터 울고 있었다. 소녀가 오직 그 때문에 고통스러워했을 리가 없다. 뭔가 다른 이유가 더 있을 것이다. 리틀 부인이 일어서서 루크 쪽을 바라봤다.

"가자."

부인의 말투는 어느새 다시 퉁명스럽게 변해 있었다. 부드러움은 온데간데없었다. 부인은 다시 냉정한 목소리를 내고 냉정한 표정을 지었다. 루크는 계단참을 지나 계단 아래까지 다리를 절며 걷는 부인을 멍한 기분으로 따라가면서 이 모든 상황을 파악하려 애썼다. 그리고 밖에서 기다리고 있을 아이들을 생각했다. 아직 불을 켜지는 않았지만, 그렇게 하는 순간 스킨 패거리는 뭔가 일이 잘못됐다는 사실을 감지하리라. 특히 그들이 기다리고 있는 쪽에 위치한 방으로 간다면 그럴 가능성은 더 커진다. 하지만 부인은 그러지 않고 루크를 그 반대편 끝에 있는 부엌으로 데려갔다. 스킨 패거리가 은신처에서 이동하지 않았다면 부엌을 들여다볼 수는 없을 것이다. 부인은 불을 켜고 식탁에 앉아 맞은편에 있는 의자 하나를 고갯짓으로 가리켰다. 그는 망설이다가 자리에 앉아 부인의 말을 기다렸다. 부인은 곧바로 날카롭고 냉정한 목소리로 말을 꺼냈다.

"저 애는 눈이 안 보인다."

"눈이 안 보인다고요?"

"정말 몰랐니?"

부인은 그를 비웃듯 눈을 희번덕였다.

"설마 너도 눈이 안 보이는 건 아니겠지. 어리석은 데다 눈까지 멀어서야, 쯧."

"그런 말이나 들으려고 따라온 건 아니에요."

"그래, 그렇긴 하지. 내 말이 듣기 싫으면 여기서 도망치면 되잖아, 설마 나 같은 늙은 할미한테서 달아나지 못하겠어? 근데 어디로 도망치게? 네 녀석이 넛부시 길에 도착하기도 전에 내가 경찰에 신고할 텐데."

"아무 증거도 없잖아요."

"내가 널 내 집에서 본 게 증거지."

"그걸 어떻게 증명할 건데요? 할머니가 저를 험담하려는 얘기로 들릴 걸요?"

"정말 그럴까? 이 마을 사람들이 너에 대해 얼마나 관심이 많은데, 안 그러냐?"

노파는 혼자 맥없이 웃었다.

"그리고 넌 내가 너에 대해 얼마나 아는지 잊었구나. 내가 아는 건 네 이름만이 아니다. 이 마을 사람들이 네가 어울려 다니는 녀석들과 너에 대해 뒤에서 뭐라고 수군거리는지 조금이라도 아는 게냐?"

루크는 아무 대답도 하지 않고 잠자코 있었다. 노파는 그를 잠시 지켜보다가 말했다.

"내 집에 숨어드는 쓸데없는 짓일랑 그만두고 하루 날 잡아서 마을 상점에 몰래 들어가 봐. 물건은 훔치지 말고! 물론 네 녀석들은 이미 거기서도 많이 훔쳤겠지만 말이다. 벽장 안에 숨어서 그러브 양과 손님들이 하는 얘기를 들어보라는 말이야. 아주 흥미로울 게다.”

루크는 그 말을 무시하듯 눈길을 돌렸지만 리틀 부인은 아무 상관없다는 듯 계속해서 말을 이었다.

“사람들은 너희 패거리에 대해 이야기해. 스킨이 무슨 짓을 저질렀는지 말하고, 그 녀석이 결국 어떤 감옥에 가게 될지 수군거리지. 다즈가 초등학교 때 자기 이모와 어린 꼬마들한테서 돈을 훔쳤다는 얘기도 하고. 스피드가 스킨하고 다즈랑 어울리기 전엔 얼마나 착한 아이였는지 그런 이야기도 한다. 하지만 무엇보다 너에 대한 얘기를 많이 하지.”

“제 얘기요?”

루크가 부인을 쳐다봤다.

“그래. 네 이야기.”

두 사람 사이에 어색한 침묵이 흘렀다. 루크가 숨을 천천히 내쉰 후 말을 꺼냈다.

“왜죠?”

부인은 자리에서 일어나 다소 힘들게 창가로 걸어가 밖을 응시했다.

“그 녀석들, 밖에 있지? 네 패거리 말이야.”

“사람들이 왜 제 얘기를 하죠?”

"어디에 숨어 있니? 숲가 길 옆에 있는 벽 뒤에?"

"사람들이 왜 제 얘기를 하냐고요?"

"아니면 집 앞에 있니?"

루크는 대답하지 않았다. 부인은 잠시 창밖을 응시하다가 다시 입을 열었다.

"사람들이 네 얘기를 하는 이유는 네가 그 녀석들과 다르다고 생각하기 때문이야. 사람들은 네가 그 녀석들과 다르다고, 특별한 아이라고 말해. 흠, 그런데 난 그들이 틀렸다고 생각한다. 난 네가 전혀 특별하지 않다고 생각하거든. 내가 보기엔 그 애들과 마찬가지로 어리석어. 네 패거리들 저기 숨어 있지?"

"사람들이 저를 보고 왜 특별하다고 하는 거죠?"

"녀석들 저기에 숨어 있어?"

"왜 저보고 특별하다고 하는 거냐고요?"

"저기에 숨어 있냐니까?"

둘 사이에 팽팽한 긴장감이 흘렀다. 하지만 이윽고 루크가 어쩔 수 없다는 듯 고개를 떨어뜨리며 나직하게 대답했다.

"네."

부인은 그의 자백을 받아내기가 힘들었다는 듯 다시 말을 멈추었다. 그러다가 이번에는 조금 덜 깐깐한 목소리로 말을 했다.

"뭔가 가져가지 않으면 녀석들과 무슨 문제라도 생기는 게냐? 일종의 약탈품이나 전리품 같은 거 말이야."

"어쩌면요."

리틀 부인이 갑자기 몸을 돌렸다.

"사람들이 네가 특별하다고 말하는 건 네 재능 때문이다."

루크는 아무 말도 하지 않았다. 부인은 그의 얼굴을 잠시 찬찬히 뜯어보았다.

"넌 매튜 스탠턴 씨의 아들이지?"

"그런데요?"

"그리고 넌 피아노를 연주하지. 네 아빠처럼."

"'아빠가 그랬던 것처럼'이 맞죠."

그가 부인을 노려보며 내뱉듯 말했다. 리틀 부인의 표정이 다소 부드러워졌다.

"암에 걸리셨다는 기사는 읽었다."

"그러셨군요."

부인은 한참 루크를 바라보다가 눈길을 돌렸다.

"네 아빠는 훌륭한 피아니스트였지. 10년 전에 페스티벌 홀에서 연주하는 걸 들었어. 네 아빠는……."

"이런 얘긴 하고 싶지 않아요."

"훌륭한 연주가였어. 신에 홀린 것처럼 연주했지."

루크가 벌떡 일어났다.

"말했잖아요. 이런 얘긴 하고 싶지 않다고요, 알겠어요? 말귀 못 알아들으세요? 이런 얘긴 하기 싫어요."

그가 부인을 매섭게 노려봤다.

"집에 갈게요. 경찰에 신고하고 싶으면 그렇게 하세요."

"위층에 있는 아이는 어쩌고?"

"그 애가 뭐요?"

그는 애써 냉담한 표정을 지었지만 위층에서 본 소녀의 겁먹은 얼굴을 떠올리자 기가 꺾이는 기분이 들었다.

"그 애가 뭐요?"

루크는 다시 물었다. 부인은 대답 대신 서랍 문을 열더니 뭔가를 손에 움켜쥐고 루크에게 다가갔다.

"네가 그 애를 도울 수 있을 게다."

"하지만 절 무서워하잖아요."

"널 무서워하는 게 아니라 그냥 겁에 질린 거야."

"그런데 제가 뭘 어떻게 도울 수 있다는 거예요."

리틀 부인은 루크의 눈을 뚫어지게 쳐다봤다. 부인이 마치 자기 내면을 꿰뚫어보는 듯한 기분이 들었다.

"넌 거절하지 못해. 넌 네가 그 녀석들처럼 매몰차다고 생각하지만 실은 그렇지 않거든. 넌 냉정한 아이가 아니야. 그렇게 되고 싶은 것뿐이겠지. 아빠를 빼앗겨버려서 세상에 대고 그냥 화풀이를 하고 싶은 거야. 하지만 이제 좋은 일을 할 기회가 생긴 거다."

부인은 대꾸를 할 새도 없이 그의 손을 잡더니 억지로 손가락을 펴서 쥐고 있던 것을 그의 손바닥 위에 올려놓았다. 손바닥을 내려다보니 작은 지폐 뭉치가 있었다.

"녀석들한테 갖다 줘라. 큰돈은 아니지만 이 정도면 네가 눈 밖에 나지는 않을 게다. 시간이 오래 걸리기는 했지만 어쨌든 돈은 찾아낸 셈이니까."

부인은 그에게서 시선을 떼지 않고 말했다.

"시간이 되면 여기 다시 오도록 해. 대신 네가 하는 일에 대해서는 아무한테도 말하면 안 된다. 한마디도 안 돼. 네가 뭘, 어떻게 도울 수 있는지는 다음에 말해주마. 하지만 꼭 와야 해. 기다리마. 내 손녀도 널 기다릴 거야."

루크는 마지막 말에 인상을 찌푸렸다. 소녀가 리틀 부인을 '할머니'라고 부르기는 했지만 두 사람이 가족이라는 생각은 들지 않았다. 리틀 부인은 워낙 '혼자'라는 이미지가 강해서 가족이 있다고 상상하기가 쉽지 않았다. 그는 손에 들린 돈을 내려다보았다. 그리고 그것을 다시 부인의 손에 쥐어주고 문 쪽으로 갔다.

"절 이런 일에 끌어들이지 마세요."

그는 이렇게 말하고 부엌을 나섰다. 그 순간 부인이 소리쳤다.

"다시 올 거지?"

"아뇨."

"하지만 넌 도움을 줄 수 있어."

"아뇨. 저랑은 상관없는 일이에요."

루크는 홀로 성큼성큼 걸었다. 노파는 따라오지 않았다. 그는 정면 현관에 도착해 문을 열려고 하다가 뒤를 돌아봤다. 부인은 부엌 입구에 냉담하고 거만한 표정으로 서 있었지만 왠지 아까보다는 덜 무섭게 보였다. 이제는 익숙해져버린 그 울음소리가 다시 들려왔다. 위를 올려다보니 계단 꼭대기에 나타난 소녀가 난간을 찾는 듯 벽을 손으로 더듬고 있었다. 소녀의 얼굴은 온통 눈물범벅이다. 리틀 부인이 급하게 위층으로 올라가 두 팔로 아이를 안았다.

"할머니……."

아이가 중얼거렸다.

노파는 손수건을 꺼내서 아이의 얼굴을 살짝 닦아준 다음, 현관 앞에 멍하니 서 있는 루크를 내려다보며 말했다.

"다시 올 거지?"

루크는 고통을 나누기라도 하는 것처럼 꼭 붙어 있는 두 사람을 멍하니 올려다봤다. 그리고 아무 말 없이 집 밖으로 나갔다.

10

루크는 스킨의 신호를 확인하지도 않고 곧바로 대문을 타고 넘었다. 넛부시 길모퉁이에서 멈춰 서 있으니 오래 기다릴 것도 없이 어둠 속에서 금세 세 개의 그림자가 나타났다. 그림자는 유령처럼 다가와 바로 눈앞에 멈춰 섰다.

"신호를 기다리지 않더군."

스킨이 말했다.

"깜빡했어."

"현관에서 기다리라고 했을 텐데. 그 할멈이 너 나가는 소리를 듣고 창밖을 내다볼지도 모르니까."

"그래……, 미안해."

"상자도 안 가져왔잖아."

"못 찾았어."

세 사람이 바짝 다가왔다. 그는 맞붙어 싸우거나 도망갈 마음의 준비를 했다. 그들의 눈에는 실망의 기색이 역력했다. 뭔가 거슬리는 말이나 행동을 하면 스킨은 보나마나 그를 공격할 테고 다즈도 충분히 그럴 만한 놈이다. 루크는 길 아래쪽, 달빛에 비친 그랜지 지붕을 내려다보다가 재빨리 스킨을 쳐다봤다.

"우리 여기서 나갈까? 우리가 내는 소리를 할멈이 들을지도 몰라."

루크는 최대한 태연하게 말하고서 넛부시 길로 걸어가려고 몸을 돌렸지만 스킨이 그의 팔을 확 잡아챘다.

"못 들어."

"뭘 못 들어?"

"우리가 내는 소리."

"들을지도 몰라."

루크는 팔을 뿌리치려 했지만 스킨이 더 세게 그를 잡아끌었다. 스킨이 바짝 다가서서 이를 갈며 말했다.

"내가 말했지, 우리 소리 못 듣는다고."

그는 루크의 팔을 놓지 않았다. 오히려 손에 힘을 주었다.

"이제 집 안에서 했던 일이든, 못했던 일이든 다 말해보시지."

"팔 아파."

"어이, 그러셔? 안에서 무슨 일이 있었던 거냐니까?"

139

"사…… 상자를 못 찾았어."

"충분히 설명해줬잖아."

"구석구석 둘러봤어. 하지만 훔칠 만한 게 전혀 보이지 않았단 말이야."

다즈가 콧방귀를 끼며 가까이 다가왔다.

"훔칠 만한 게 없었다고? 그럼 그 장식품들은 다 뭔데?"

"모두 쓸모없는 거야. 조각상하고 시시한 물건들뿐이었어. 값싸고 볼품없는."

루크가 스킨에게서 눈을 떼지 않고 대답했다.

"장식품이야 그렇다 치고. 상자는?"

스킨이 루크를 잡아먹을 듯 바라보며 말했다.

"못 봤다고 말했잖아."

"어디 찾아봤는데?"

"구석구석 다 봤어."

"모든 방을?"

"응."

"굳이 찾으려고 노력하지도 않은 모양인데."

다즈가 가느다란 목소리로 말했다.

"아냐."

"막상 집에 들어가니까 할멈한테 붙잡힐까 봐 무서웠겠지. 그래서 캄캄한 구석에 웅크리고 있었던 거 아니야?"

"그렇다면 내가 어떻게 현관으로 나왔겠어?"

"그게 뭐가 중요해. 집 안에서 아무 짓도 안 하다가 나왔을지 누가 알아."

다즈가 말했다.

"어차피 상자도 안 가져왔는데 집에나 갈까? 피곤하다."

분위기 파악을 못하는 스피드가 하품을 하며 말했다.

"아무도 못 가. 안에서 무슨 일이 있었는지 정확히 알기 전까지는."

스킨이 다시 루크에게 시선을 고정하고 말했다.

"집에 들어간 순간부터 네가 한 일 모두 다 불어. 하나도 빼놓지 말고."

루크는 그의 시선을 피하지 않으려 애썼다. 어떤 대답이냐가 아니라 어떻게 대답하느냐에 자기 안전이 달려 있었다. 겁이 나도 자신만만하게 행동해야 했다. 그는 심호흡을 하며 말했다.

"지난번에 타고 올라간 창문으로 집 안에 들어갔어. 서재 같은 방이 나오더라고. 거기엔 별것 없었어. 그냥 조각상하고 잡다한 물건하고……."

"그건 그렇다 치고, 상자 찾아봤어?"

"응."

"어디서?"

"그 방에서. 그러니까 책상 밑이랑, 선반이랑……."

"그래, 알았어. 그 다음엔?"

"계단참으로 갔어."

"그리고?"

루크는 어둡고 조용하던 그 공간을, 방문 밖으로 새어 나오던 달빛을 떠올렸다.

"거기서 주변을 둘러보고 위층으로 올라갔어."

"위층?"

"응, 다락방 같은 데가 있더라고. 그래서 그곳을 살펴봤어."

"그런데?"

"아무것도 없더라고."

"그 다음엔?"

스킨의 목소리가 높아지고 질문의 속도도 점점 빨라졌다. 루크를 잡은 손에도 더 힘을 주었다. 루크는 최대한 침착하게 굴려고 애썼다.

"계단참으로 다시 내려와서 각 침실을 살펴봤어."

"그 할멈은?"

"못 봤어."

"집 안을 다 뒤져봤다며?"

"응."

"그러면 봤을 거 아냐."

"그러니까…… 내 말은…… 보긴 봤는데 할머니는 날 못 봤다는 거지. 자고 있었거든."

"그 할멈 방이 어딘데?"

"뜰에서 올려다봤을 때 맨 왼쪽에 있어."

"창문이 두 개 열려 있던 방?"

"응, 맞아."

스킨은 인상을 구겼다.

"거기가 할멈 방일 줄 알았어. 그래, 자는 걸 봤다고?"

"응."

"그러니까 할멈이 잘 때 들어간 거로군?"

"그렇지."

스피드가 킬킬거렸다.

"헤어롤 같은 거라도 머리에 말고 자던? 어떻게 생겼어?"

루크는 문 앞에 서 있던 노파의 화난 얼굴을 떠올렸다. 소녀에게 이야기할 때 싹 돌변하던 그 표정이, 그가 다시 돌아와 도움을 줘야 한다는 이상한 요청이 차례로 떠올랐다. 하지만 자신이 어떻게 도움을 줄 수 있을지는 전혀 알 수 없었다. 그런 생각을 하다가 스피드를 쳐다보며 대답했다.

"그런 건 안 하고 있었어."

"그래도 못생겼겠지. 정말 역겹게 생겼을 거야."

루크는 어깨를 으쓱하고 말했다.

"글쎄. 어쨌든 상자는 못 봤어."

그가 다시 스킨을 쳐다보며 말했다.

"이제 내 팔 좀 놔줄래? 그리고 그만 집에 가는 게 어때?"

그러나 스킨은 고개를 저었다.

"아직 얘기 다 안 끝났어."

"나는 더 할 얘기 없는데."

"정말이야?"

"그렇다니까."

스킨은 루크의 팔을 꽉 붙잡고 잠시 아무 말 없이 그를 뜯어봤다. 그러다 갑자기 팔을 놔주고는 그와 동시에 루크의 두 손을 낚아채서 손바닥이 위로 향하게 펼쳤다.

"이거 놔!"

그러나 스킨은 루크의 손을 더 세게 붙들었다.

"그냥 좀 보려는 거야. 네가 괜찮다면 말이지."

그의 목소리에는 듣는 사람을 불안하게 하는 정중함이 배어 있었다. 루크는 자기가 할 수 있는 게 아무것도 없다는 사실을 알았다. 곁눈질로 보니 다즈와 스피드는 가만히 그를 지켜보고만 있었다. 그 애들은 그냥 가만히 있을 뿐 자기를 괴롭히는 건 스킨뿐이다. 스킨은 잠시 그의 손을 관찰하다가 냉기 어린 무심한 말투로 말했다.

"보통 손이 아니야. 암, 보통 손이 아니지. 정말로 보통 손이 아니야. 그러니까 그렇게 잘도 기어오르지."

그는 고개를 들어 루크의 눈을 쳐다봤다.

"피아노도 그렇게나 잘 치고 말이야."

소름이 등골을 타고 돋아났다. 아빠가 했던 말을 섬뜩할 정도로 똑같이 해서가 아니라 스킨이 무슨 생각을 하는지 알아챘기 때문이다. 스킨은 그의 손가락을 더 꽉 붙들었다. 루크는 애써 태연한 척 말했다.

"내 손을 좋게 봐주니 다행이네. 이제 그만 놔줄래?"

"뼈마디에서 소리 나게 하는 거 좋아하냐?"

"이제 손 좀 놔줘."

"스피드가 그걸 잘하거든. 스피드, 한번 해봐. 딱딱 소리내는 거 말이야."

스피드는 살찐 손가락 마디를 잡아당겨 딱딱 소리를 잘도 냈다. 스킨이 그 소리를 듣고 킬킬 웃었다.

"너처럼 소리를 크게 내는 놈도 없다니까."

그는 루크의 손을 높이 끌어 올렸다.

"네 손에서도 저렇게 큰 소리가 나냐?"

"모르겠는데. 난 저거 별로 안 좋아해서."

"안 아파. 자, 내가 해주지."

"하지 마."

그러나 스킨은 이미 그의 손을 만지작거리고 있었다. 손가락 하나하나 뼈마디를 홱 잡아당겨 딱딱 소리를 냈다. 루크는 몸을 비틀면서도 저항하지는 않았다. 그래봤자 소용없다는 걸 알기에.
스킨은 네 손가락을 다 마치고 난 후에도 루크의 손을 풀어주지
않았다.

"엄지손가락도 할 수 있어."

"하지 마!"

루크가 말했다.

"근데 조심해야 돼."

스킨이 뜸을 들였다.

"아주 잘 부러지거든."

그는 손가락을 더 꽉 붙잡고 부드럽게 만지는 척을 하면서 자
기 엄지손가락으로 루크의 손바닥을 훑었다. 그렇게 엄지손가락
을 계속 움직이며 아무렇지도 않다는 듯 말을 툭 뱉어냈다.

"루크, 네가 나한테 거짓말은 안 했으면 하는데."

"거짓말하는 거 없어."

"왜냐하면 우린 너한테 난처한 일이 생기는 걸 원치 않거든."

스킨이 엄지손가락으로 루크의 손을 부드럽게 어루만지고 또
어루만졌다.

"그리고 우린 전혀 원치 않거든……."

스킨은 잠시 생각하더니 음산한 목소리로 말했다.

"네 음악 활동을 망치는 거 말이야."

"거짓말하는 거 없다니까."

"사실대로 모두 다 털어놨다는 말이야?"

"그래."

"그 할멈이 잠들어 있었다고?"

"그래."

"그런 다음엔?"

"아래층 방들을 살펴봤어."

"그리고?"

"아무것도 못 찾았어."

"할멈은 안 일어났고?"

"말했잖아."

"그러면 어떻게 부엌 불이 켜졌지?"

루크는 대답을 생각해내려고 무진장 애를 썼지만 스킨의 질문 속도가 워낙 빨랐다. 다행히 그때 다즈가 끼어들었다.

"난 부엌 불 켜지는 거 못 봤는데."

"나도."

스피드가 말했다.

"우리가 숨어 있던 데선 안 보였지. 내가 거기서 나와서 집 저쪽 길로 올라갈 때, 그때 부엌 불이 켜졌어."

루크는 미친 듯이 머리를 굴렸다. 담 위로 발돋움을 하고 본다면 길에서도 부엌 창문을 볼 수 있지만, 그쪽 커튼은 분명 닫혀 있었다. 그러니까 스킨이 부엌 불이 켜지는 걸 봤다고 해도 리틀 부인과 안에서 이야기하는 모습은 못 봤을 것이다. 이번에도 자신만만하게 나가기로 했다.

"그 불이라면 내가 켰어."

그는 자기 손바닥 위에서 움직이는 스킨의 엄지손가락에 신경을 쓰지 않으려고 안간힘을 쓰면서 말했다.

"그 할머니는 위층에서 자고 있었는데 깨지 않을 것 같았어. 워낙 깊이 잠들어 있었거든. 그래서 아래층 부엌에 내려갔을 때 불을 켠 거야. 그래야 좀 잘 보일 것 같아서."

"그럼 다른 방 불은 왜 안 켰는데?"

"부엌이야 할머니 방에서 가장 멀리 있잖아. 다른 데는 좀 위험하지. 이제 그만 손 좀 놔줄래?"

"부엌엔 왜 그리 오래 있었던 건데?"

"내 손부터 좀 놔줄래?"

"그걸 결정하는 건 나야. 부엌에는 왜 그렇게 오래 있었냐고 묻잖아."

"서랍이랑 물건들이랑 샅샅이 뒤져보고 싶었거든."

"그 할멈이 상자를 거기에 두진 않았을 텐데."

"그래, 그건 나도 알아."

설득력 있는 대답이 생각나지 않아 루크는 두 발을 옴지락거렸다. 스킨은 그를 한참 뚫어지게 바라보다가 천천히 손을 놓아주었다. 루크는 한동안 잡혀 있던 손을 움직이며 긴장을 풀었다.

스킨은 그런 루크를 쳐다보다가 일행에게 눈길을 돌렸다.

"이제 다들 자러 가. 들어가서 아무도 깨우지 말고. 내일 오후에 다시 만나. 항상 만나는 곳에서 항상 만나는 시간에. 뭐, 문제 있는 사람?"

다즈와 스피드가 고개를 절레절레 흔들었다.

스킨이 루크를 훑어보며 말했다.

"루크, 너는 뭐 문제 있어?"

루크는 생각했다.

리틀 부인을, 소녀를, 엄마를, 로저 길모어 씨를, 아빠를, 학교를, 연주회를, 귓가에 들리던 이상한 소리를, 그리고 지금 자신이 처한 이 상황을. 문제는 한두 가지가 아니라 수도 없이 많았다. 하지만 고개를 저었다.

"아니, 없어."

"좋아."

스피드가 주머니에서 사과를 꺼내 한 입 깨물며 물었다.

"그러면 그랜지는 포기하는 거야?"

스킨이 스피드를 노려봤다.

"포기? 그랜지는 아직 시작도 안 했어."

"하지만 루크가 아무것도 못 찾았잖아."

스피드가 사과를 요란하게 우적이며 말했다.

스킨의 시선이 루크에게 향했다.

"루크의 임무는 아직 끝나지 않았어."

스피드가 사과를 한 입 더 깨물며 다시 물었다.

"그렇군. 그럼 다음 계획은 어떻게 되는데?"

"그건 내일 말해주지."

그들은 다시 넛부시 길을 따라 걸어 내려갔다. 아무도 말을 하는 사람이 없었다. 온 사방이 고요했고 그들의 발자국소리와 스피드가 사과를 우적우적 씹는 소리만 들렸다. 하늘은 아까보다 더 어두워져 있었다. 달은 구름 사이로 숨어버렸고 비까지 살포시 내리기 시작했다. 마침내 마을 중심지에 거의 다다랐다. 스피드와 다즈는 각자의 집으로 발걸음을 돌렸고 스킨과 루크는 광장을 지나 각자의 집을 향해 길을 따라 내려갔다. 스킨이 말없이 앞서 걷다가 자기 집 대문 앞에서 갑자기 멈칫 멈추고는 뒤를 돌아봤다. 루크는 그냥 지나치려 했지만 스킨이 걸어와 길을 막았다. 두 사람은 어둠 속에서 마주 보았다.

"아까 넌 분명히 거짓말을 했어. 뭘 숨기는지는 모르겠지만 아무튼 넌 거짓말을 했어. 네 얼굴을 보면 알지."

스킨이 나직하게 말했다.

"아냐, 난……."

하지만 스킨은 루크가 말을 채 마치기도 전에 바싹 다가와 그의 목을 꽉 움켜쥐고 대문으로 몰아붙였다. 그리고 루크 귀에 대고 중얼거렸다. 마치 유리조각처럼 날카롭게 그의 말이 루크의 귀에 감겨왔다.

"기억해, 이 괘씸한 자식아. 너를 내버려둔 건 지금 나한테 네가 필요하기 때문이야. 계속 무사하고 싶다면 내가 하라는 대로 하는 게 좋을 거야."

스킨은 루크를 한쪽에 내팽개치고 자기 집 대문을 훌쩍 뛰어넘어 그대로 어둠 속으로 사라졌다.

루크는 혼돈과 불안을 느끼며 헤이번에 이르는 길 위를 비틀비틀 걸었다. 내리는 이슬비에 점차 마음이 진정되기 시작했다. 집에 불이 꺼져 있고 주변이 고요한 걸로 봐서 엄마는 깨지 않은 것 같았다. 그렇긴 해도 일단 집에 들어가봐야 확실히 알 수 있을 터였다. 그는 뒷문으로 슬그머니 돌아가 자물쇠에 열쇠를 넣고 돌렸다. 딸깍하는 조용한 소리. 안도의 한숨이 나왔다. 현관보다 뒷문이 훨씬 조용히 열리기 때문에 그는 그곳을 즐겨 이용한다. 조용히 문을 닫고 귀를 기울였다.

집 안에는 정적만 흘렀다. 다용도실과 부엌은 그가 집을 나올 때 그대로다. 루크는 마루로 살그머니 걸어가 계단 앞에 멈춰 섰다. 엄마의 기척은 느껴지지 않았다. 만약 그가 집을 빠져나갔다는 걸 알았다면 엄마는 자지 않고 기다렸을 것이다. 발끝으로 계단을 올라 계단참에 잠시 멈춰 섰다. 다시 귀를 기울였다. 아무 소리도 들리지 않았다. 그리곤 곧바로 자기 방으로 걸어갔다. 여전히 아무 목소리도 들리지 않았다. 문을 밀어서 연 후 살짝 안으로 들어가 조심스럽게 문을 닫고 침대 가장자리에 걸터앉았다.

몸이 떨려왔다. 스킨의 마지막 말이 여전히 귓바퀴를 쟁쟁 맴돌았다. 상황이 심각했다. 그 상자와 관련된 임무는 끝나지 않았을 뿐만 아니라 그랜지와의 관계가 훨씬 복잡해졌다. 그는 멍하니 앉아서 생각했다. 앞이 보이지 않는 소녀와 그 아이의 두려움을, 리틀 부인이 할머니로서 소녀에게 쏟는 각별한 애정을, 그리고 그 상자를……. 그리고 또 생각했다. 자기 자신에 대해, 자신의 몸과 두 손과 음악에 대해. 세 번이나 실패한다면 스킨은 얼마나 분노할 것인가? 스킨은 그의 얼굴에 멍을 내고 늑골을 저릿저릿 아프게 하는 데 그치지 않고 그보다 훨씬 더한 응징을 가할 것이다. 어쩌면 고문을 하거나 팔다리를 잘라낼 수도 있고 심지어 루크를 죽일 수도 있으리라. 루크는 스킨이 그 모든 짓을 하고도 남을 인간이라고 생각했다.

루크는 침대에 벌렁 누워 아빠를 생각하며 마음을 진정시키려고 애썼다. 그러자 전에 들렸던 묘한 미완성 선율이 마음속에 스르르 스며들었다. 여전히 중간 소절에서 끝나긴 했지만 선율은 아주 아름다웠고, 이번에는 새로운 화음도 함께 들렸다. 루크는 훌렁 옷을 벗어 바닥에 널브러진 옷더미 위에 던진 후 잠옷으로 갈아입고 다시 누웠다. 머릿속에선 여전히 음악이 연주됐다. 곡은 처음부터 다시 시작되었다. 선율은 변하지 않았지만 이번에도 화음에 변화가 있어 즉흥곡 같은 느낌이 들었다.

루크는 눈을 감았다. 어두운 시야 위로 진한 푸른색이 떠올랐고 뒤이어 지난번보다 더 또렷해진 금빛 반점이 보였다. 왼쪽과 오른쪽에 떠오른 반달 같은 두 개의 금빛 반점이 점차 가까워지더니 하나의 원을 형성했다. 마치 푸른 연못에 금반지가 떠 있는 것 같았다.

음악이 점차 사라지더니 새로운 소리가 들려왔다. 작은 종이 울리는 소리. 별처럼 무수히 반짝이는 작은 종이 마치 살랑대는 바람처럼 부드러운 소리를 만들어냈다. 그러다 그 소리도 점차 희미해지더니 귀에 익숙한 우르릉거리는 소리가 들렸다. 처음에는 희미하던 소리가 웅얼거림으로 바뀌더니 다시 해안에 거세게 부딪히는 파도 소리로 변했다. 시작도 끝도 없이 굽이치는 소리의 물결. 그는 그 소리를 들으며 점차 잠 속으로 녹아들었다.

11

루크는 고요함 속에서 잠에서 깨어났다. 빌 폴리 씨 농장에서 거위가 우는 소리와 함께 그 묘한 미완성 선율이 들려왔다. 그리고 뒤이어 들려오는 목소리.

"루크? 일어났니?"

엄마였다. 살짝 뜬 눈 앞에 엄마가 찻잔을 들고 침대 옆에 서 있는 모습이 보였다.

"아홉 시야. 지금쯤이면 일어나려고 했을 것 같은데."

루크는 밖에서 들리는 소리와 머릿속에서 나는 소리가 뒤섞여 어리둥절한 채 눈을 비비고 엄마를 말끄러미 올려다봤다. 때론 소리가 어디서 들려오는 건지 알 수 없을 때가 있다. 그는 피곤하고 어지러웠으며 걱정스러웠다. 리틀 부인과 소녀 때문도 아니고 위험하기 짝이 없는 스킨 패거리 때문도 아니고, 바로 엄마 때문이었다. 엄마는 아들의 상태가 어떤지 도통 모르겠다는 표정으로 거기 서 있었다. 말끄러미 엄마를 쳐다보던 그가 자리에서 얼른 일어나 찻잔을 받아들었다.

"고마워요."

그가 말했다.

"또 그랬구나."

엄마는 루크가 지난밤 바닥에 아무렇게나 벗어놓은 옷가지를 고갯짓으로 가리켰다.

"옷을 여기저기 막 벗어놨네."

순간 정신이 번쩍 들었다. 지난밤 내린 비로 여전히 축축한 옷을 집어 든다면 큰일이다. 밤에 살짝 나갔다 온 걸 들키고 만다. 하지만 엄마는 고개를 들고 미소를 지었다.

"괜찮아. 귀찮게 잔소리하려고 했던 건 아니니까. 이제 잔소리는 안 해. 하지만 옷은 직접 정리하도록 하렴. 이 정도는 잔소리로 안 받아들이겠지."

다행이다. 안심한 그는 차를 한 모금 마셨다.

"괜찮니?"

"뭐가?"

"차 말이야."

"응, 좋아요."

"고맙구나."

엄마는 다시 미소를 지으며 말을 이었다.

"기대하지 않았는데 말이야."

"뭘?"

"고마워요, 라는 말. 네가 어렸을 때도 아빠랑 나는 너한테 그 말을 들을 거라는 기대는 안 하고 살았어. 네가 워낙 그 말을 잘 잊어버렸거든. 기억나니? 아빠하고 나는 케이크 같은 걸 네가 받기만 하고 고맙습니다, 하지 않으면 그 자리에 가만히 앉아서 너를 지켜봤어. 그게 주의를 주는 행동이라는 걸 네가 알아차릴 때까지 말이야. 그때서야 너는 고맙습니다, 라고 말했지. 하지만 아빠랑 내가 자주 그렇게 할 필요는 없었어. 넌 항상 착한 아이였으니까."

루크는 의심스러운 눈초리로 엄마를 바라봤다. 이런 케케묵은 이야기를 끄집어내서 뭘 어쩌겠다는 거지? 루크는 그때 일을 또렷이 기억한다. 하지만 기억하고 싶지 않았다. 아빠가 생각났고, 그러면 항상 비참한 기분이 들었기 때문에.

"그때 무슨 말을 하기를 기다리는 줄은 몰랐는데. 고맙다고 말한 건 내가 그렇게 하고 싶어서였지, 아빠 엄마가 나를 지켜보고 있었기 때문은 아니야."

엄마는 짐짓 미소를 지어보였다.

"그랬구나. 그래, 어쨌든 이제 일어나렴. 아래층에서 보자."

엄마는 이 말 끝에 상체를 숙여 아들에게 입 맞춘 후 방을 나 갔다.

루크는 더 혼란스러워진 기분으로 엄마의 뒷모습을 바라봤다. 요사이 엄마는 그를 부쩍 어색하게 대했다. 아마 결혼문제 때문 일 것이다. 로저 길모어 씨에게 결혼을 승낙했다는 말을 하려고 기회를 살피는 것일 수도 있다. 아침식사 자리에서 그 얘길 들을 지도 모를 일이다. 루크로서는 전혀 원치 않는 일이었다. 그런 소 식은 절대 듣고 싶지 않았다. 그는 침대를 빠져나와 샤워를 했다. 몸에 닿는 물의 감촉은 좋았지만 수많은 생각의 짐까지 씻어주 지는 못했다.

'리틀 부인이 나한테 원하는 건 뭘까? 왜 내가 손녀를 도울 수 있을 거라고 생각하지? 스킨은 다음에 어떤 계획을 꾸밀까? 엄 마는 나한테 왜 그렇게 조심스럽게 대하는 거지?'

그는 물기를 닦아내고 타월로 몸을 감싼 후에 살금살금 엄마 서재로 걸어가 이메일을 확인했다.

새 편지 1

메일을 전혀 기대하지 않았던 루크는 눈살을 찌푸렸다. 아마 오늘 아침 연습시간을 다시 한번 알려주려고 미란다가 보냈거나 으름장을 놓으려고 스킨이 보낸 것이리라. 하지만 예상과는 달리 발신인 란에는 엄마의 이름이 있었다. 엄마가 메일로 무슨 말을 전하려고 했을까 의아해하면서 다시 눈살을 찌푸렸다.

새 편지 2

다른 메일도 도착해 있었다. 그는 누굴까 궁금해하며 화면을 다시 응시했다. 스킨만 아니라면 누가 보냈든 상관없었다. 만약 스킨이 보낸 거라면 읽지 않고 바로 삭제할 작정이었다. 클릭과 동시에 발신인 이름이 화면에 떴다.

Heaven.

루크는 입을 다물 수 없었다. 어제 일순간 감정이 격해져서 dad@heaven.com으로 보냈던 메일을 까맣게 잊고 있었다. 그 메일은 반송됐어야 마땅한데 눈앞에 보이는 건 반송메일이 아니라 답장이었다. 그는 떨리는 마음으로 메일을 열었다.

그리고 곧, 잠시나마 품었던 어리석은 희망이 단번에 사라졌다. 맨 위에 자신이 보낸 메일이 첨부되어 있었다. '왜 대답을 못 하는 거죠?' 그리고 그 밑에 답장이 있었다.

안녕하세요!

문의해주셔서 진심으로 감사드립니다. 답변을 못해드린 점은 정말로 죄송합니다. 저희는 실로 엄청난 양의 문의메일을 받고 있으며 모든 문의에 신속하게 답변한다고 자부합니다만 귀하의 경우 시스템 오류가 생긴 모양입니다! 사실 귀하가 처음에 보내신 문의메일을 찾아내지 못했습니다. 다시 사과드리며 번거로우시겠지만 메일을 한 번 더 보내셔서 저희가 어떻게 도와드릴 수 있을지 알려주신다면 감사하겠습니다. 불편을 끼쳐드려서 진심으로 사과드립니다. 그러나 혹 자랑처럼 들릴지 모르지만, 저희가 올여름에 선보이는 신제품에 대한 설명을 접하신다면 저희를 용서해주시리라 확신합니다. '천상의 천연향수 닷컴'을 이용하시면 귀하게 필요한 천연향수를 집에서 편리하게 만나보실 수 있습니다. 제품을 온라인으로 주문하시면……

루크는 더 읽지 않았다. 그 메일이 세상에서 가장 잔인한 조롱처럼 느껴졌다. 그는 'heaven.com'이라는 이메일 주소를 보고 인상을 찌푸렸다. 한 글자 한 글자가 자신을 비웃는 것 같았다.

"빌어먹을!"

그가 중얼거렸다.

"빌어먹을!"

이번에는 내뱉듯이 말했다. 화면 위에 작은 침방울이 튀었다. 그는 얼굴을 찌푸린 채 타월 끝으로 침을 닦아냈다. 천국이 즐거

움의 장소가 아니라 조롱의 장소처럼 보였다. 그는 아빠에게 메일을 보낸 거였다. 주소에 분명 'dad'라고 써넣지 않았던가. 그렇다면 도대체 누가 이 메일을 보낸 걸까? 그의 시선이 화면 맨 아래로 이동했다. 발신인 이름이 거기에 있었다.

다니엘 아담스 데이Daniel Adams Day

루크는 주먹을 불끈 쥐었다. D.A.D.라니. 끝까지 조롱하는군. 아담스 데이라는 사람은 자기 이름 때문에 누군가 자신을 이렇게 엄청나게 혐오한다는 사실을 절대 알지 못하리라. 루크는 메일을 삭제하고 벽을 노려봤다. 눈앞 선반에 엄마의 각종 사전과 참고문헌이 정연하게 놓여 있었다. 언제 다시 정리를 했는지 언어와 주제별로 일목요연하게 분류되어 있었다. 책상에 흩어져 있던 서류도 다음 주에 작업할 번역물도 말끔하게 정리함에 담겨 있었다. 그는 주변을 둘러봤다. 모든 것이 깔끔하고 완벽하며, 훌륭했다. 엄마에게는 정리 잘된 근사한 작업실과 일거리가 있고 새로운 인생의 반려자도 등장했다. 더 바랄 게 뭐가 있을까? 그는 아빠 사진을 바라봤다. 적어도 아직 저 사진은 치우지 않았다. 하지만 언제 치울지 모르는 일이다. 어쩌면 며칠 후 엄마는 이곳에서 로저 씨의 사진을 보고 있을지 모른다. 루크는 화가 잔뜩 난 채로 엄마가 보낸 메일을 열었다. 세 단어뿐이었지만 그 단어들이 화면에서 그를 향해 튀어 오르는 것 같았다.

엄마는 널 사랑한단다.

루크는 갑자기 부끄러워졌다. 그리고 뒤이어 궁금해졌다. 이
메일은 진짜일까, 아니면 또 다른 조롱일까? 엄마는 아빠를 많이
사랑했다. 아빠가 엄마를 많이 사랑했던 것처럼. 그런데 지금 그
사랑은 어디에 있는가? 그리고 루크가 느꼈던 사랑은 어디에 있
는가? 그때 엄마가 계단 위쪽에 대고 외치는 소리가 들렸다.
"루크, 이제 아침 먹으러 내려와라!"
루크는 메일을 삭제하고 컴퓨터를 끈 후 부랴부랴 자기 방으
로 돌아갔다. 바닥에 널브러진 옷가지는 그리 축축하지 않았다.
옷을 입은 후 커튼을 젖히고 창밖을 내다봤다. 하늘은 청명했다.
더운 하루가 될 것 같았다. 아래층 부엌으로 내려가니 엄마가 빵
을 자르고 있다.
"이메일 고마워."
식탁에 앉아 그릇에 시리얼을 붓고 위를 올려다보니 엄마가
그를 물끄러미 내려다보고 있었다.
"난 진심으로 한 말이야."
"그러니까 고맙다니까."
그는 우적우적 시리얼을 먹으며 다시 엄마를 올려다봤다. 도

대체 뭐가 문제일까? 심장이 돌로 변하기라도 한 걸까? 예전에는 엄마를 이렇게 무시한 적이 없었다. 하지만 지금 그가 할 수 있는 일이라고는 고맙다는 말을 하고 우유를 부어 시리얼을 먹는 것뿐이었다.

엄마가 말했다.

"계란 몇 개?"

"두 개요."

엄마를 쳐다보지도 않고 대답했다. 왠지 쳐다볼 수가 없었다. 어떤 음악이든 음악 소리를 듣고 싶다는 간절한 마음에 귀를 기울였다. 소녀를 생각나게 하는, 그리움이 담긴 듯한 그 곡조든, 아니면 아빠의 미완성곡이든, 그것도 아니면 다른 어떤 곡이라도. 하지만 머릿속은 조용하기만 했다. 고개를 들어보니 엄마가 한쪽에서 뭔가를 하고 있다. 그러더니 그의 곁으로 돌아와 냄비에 수란을 만들 준비를 했다. 엄마가 아빠를 위해 수란을 만드는 모습을 얼마나 자주 보았던가? 아마 그가 기억하는 것보다 훨씬 더 많았으리라. 아빠는 집에 있을 때 다른 건 안 찾고 항상 수란만 찾았다.

"당신처럼 수란을 잘 만드는 사람도 없어."

그리고 수란을 만들 때면 뒤에서 두 팔로 엄마의 허리를 안고 서 있곤 했다. 루크가 이런 생각에 빠져 있을 때 엄마가 갑자기 몸을 돌렸다. 그가 지켜보고 있다는 사실을 감지했다는 듯이.

"왜?"

"아무것도 아니에요."

그는 눈길을 시리얼에 고정하고 먹기만 했다. 엄마는 그릴 팬을 잡아당겨 토스트를 뒤집더니 그의 생각을 읽기라도 한 것처럼 이렇게 말했다.

"엄마는 네 아빠를 사랑하지 않은 순간이 단 한 번도 없어. 너를 사랑하지 않은 순간이 없는 것처럼 말이야."

"그만해요."

루크가 차마 엄마를 쳐다보지 못하고 말했다.

"루크……."

"그만, 그만하라고. 알겠어요? 그런 말 들으면 불편하다고!"

루크는 엄마가 가까이 다가와 어깨에 팔을 얹는 것을 느꼈다. 그는 엄마에게 손을 내밀다가 멈칫거리며 다시 거두었다. 그러자 엄마가 그를 끌어당겼다. 그는 그대로 품에 안겨 자신도 엄마를 안아주려고 애썼다. 눈물이 나올 것 같았지만, 자존심이나 고집 때문인지 아니면 다른 무엇 때문인지 눈물은 밖으로 나오지 않았다. 눈물은 오직 그의 마음속에만 한가득 고여 있었다. 그가 가까스로 입을 열었다.

"어떻게…… 엄마는 어떻게…… 아빠도 사랑하고…… 로저 아저씨도 사랑해?"

엄마가 루크의 볼을 쓰다듬었다.

"네가 그 사람 이름 부르는 거, 처음 듣는구나."

이 말을 하고 아들의 머리에 입을 맞춘 후 귓속말을 했다.

"잠깐만."

그리고 가스렌지로 달려가 토스트와 수란을 확인했다.

"잠깐만 기다려줄래? 네가 먹을 음식을 망치고 싶지 않거든."

엄마는 토스트를 잠시 더 내려다보다가 버터를 바르고 위에 수란을 얹은 후 식탁으로 돌아왔다.

"이거 받으렴."

엄마는 접시를 내려놓고 자리에 앉아 다시 그의 어깨에 팔을 얹었다.

"어서 먹어."

루크는 시리얼을 다 먹고 접시를 한쪽으로 치운 후 묵묵히 수란을 먹기 시작했다. 엄마는 여전히 팔을 아들의 어깨에 얹은 채 그를 가만히 지켜봤다. 루크는 기분이 조금 이상했지만 그렇다고 불쾌하지는 않았다.

"수란 괜찮게 됐니?"

"맛있어. 항상 맛있었는걸. 엄마처럼 수란을 잘 만드는 사람도 없을 거야."

"네 아빠도 그렇게 말했는데."

"알아."

"만들기 아주 쉬워. 내가 그렇게 잘 만드는 줄은 몰랐네."

엄마는 아들이 먹는 모습을 잠시 더 바라보다가 시선을 아래로 떨어뜨렸다.

"루크, 사랑은 참 이상한 거야. 사랑을 잃었다고 생각하면 어느새 슬그머니 내게 다시 다가와 있어. 네 아빠가 세상을 떠났을 때 난 다시는 사랑을 할 수 없을 거라고 생각했어. 낭만적인 사랑을 말이야. 너에 대한 사랑을 말하는 게 아니야. 엄만 널 항상 사랑하니까. 하지만 다른 남잘 사랑하는 건……. 그럴 수 있을 거라고는 한 번도 생각하지 못했어. 난 아직도 로저 씨에 대한 감정에 확신이 없단다."

"아저씨를 좋아하잖아."

"나한테 질문한 거니, 아니면 그냥 말한 거니?"

"그냥 한 말이이야."

"그래, 물론 좋아하지. 좋아하지 않으면 만나지도 않겠지."

"아니, 내 말은 엄마가 아저씨를 정말로 많이 좋아한다는 거야. 아저씨를 보면 표정이 밝아지잖아."

"그래? 난 몰랐는데."

"그리고 아저씨랑 통화할 때는 목소리도 좀 달라져."

"그게 무슨 말이니?"

"그러니까…… 나도 잘 모르겠어……."

"말해봐."

"말로는 못하겠어. 그러니까…… 엄마는 미란다 같은 소녀 같고 아저씨는 마을의 한 남자애 같은데, 아저씨가 엄마한테 만나자고 해. 그러면 엄마는 속으로는 좋으면서 쉽게 허락하면 혹시 쉬운 여자로 보일까 봐 크게 내색을 안 하는 것 같다고나 할까."

"정말 그렇게 생각해? 내 목소리가 정말 그렇게 들리니?"

엄마가 루크를 물끄러미 쳐다봤다.

"응. 아니, 뭐 그럴 수도 있다는 말이야. 나도 잘 모르겠어. 항상 그런 건 아니니까. 그냥 가끔 엄마 목소리가 그렇게 들려."

"넌 참 많은 걸 듣는구나. 네 아빠도 그랬는데."

루크는 엄마가 아빠를 언급하지 않기를 바랐다. 하지만 자업자득인지도 몰랐다. 사랑에 대해 물은 사람이 바로 자신이었으니. 그는 엄마가 그 화제를 이어가지 않길 바라며 계속 수란을 먹었다. 하지만 엄마는 주섬주섬 다시 말을 꺼냈다.

"난 사랑에 눈먼 여학생이 되고 싶진 않아. 그리고…… 지금 내가 그렇게 행동하고 있다고 생각하지도 않고. 로저 씨에 대한 내 감정은 그런 게 아냐. 난 그냥…… 혼란스럽다. 죄책감도 들고. 너한테 상처를 줄까 봐. 네 아빠도 마음에 걸리고. 물론 네 아빠라면 내가 다른 남자한테 청혼을 받았고 그것으로 행복해한다면 그 사랑을 받아들이길 원할 테지만."

"청혼받아서 행복해?"

"그래, 조금은. 그렇지만 진정으로 행복하다거나 완전히 행복한 건 아니야. 네가 행복하지 않다면 엄마도 행복할 순 없어."

엄마는 루크의 목을 어루만졌다.

"난 그냥…… 다양한 사랑을 느낄 수 있는 공간이 내 마음에 남아 있다는 사실을 깨닫게 된 것 같구나. 무슨 말인지 알겠니? 사랑했던 사람이 세상을 떠난 후, 그 사랑을 다른 사람에게 준다고 해서 그게 배신은 아니란다. 상대가 그 사랑을 받을 만한 가치가 있다면 말이야."

"그 아저씨를 두고 말하는 거야? 로저 아저씨?"

"그래. 그 사람은 사랑받을 만해. 사실 모든 사람이 그렇긴 하지. 하지만 너무 여기저기에 사랑을 퍼줄 수는 없지 않니."

"다양한 사랑을 느낄 공간이 남아 있다고 한 말은 뭔데?"

"그렇긴 하지만 진정으로 사랑하는 사람의 숫자에는 한계가 있어."

엄마는 미간에 힘을 주었다.

"난 네 아빠를 계속 사랑할 거야. 언제까지나 계속. 하지만 난 지금…… 네 아빠가 내게 원했을 그런 방식으로 살아가려고 노력하고 있는 거야. 네 아빠 내가 남은 인생을 침울해하고 슬퍼하면서 칙칙하게 사는 걸 원치 않을 거야. 한 남자가 나를 마음에 들어한다면……."

루크가 먹던 걸 멈추고 말했다.

"한 남자? 엄마 지금 농담하는 거야? 한 남자라니?"

"그게 무슨 말이야?"

"이 마을에 사는 남자 중에 절반은 엄마를 좋아해."

"바보 같은 소리 마."

"바보 같은 소리라니, 사실이야. 스킨 아빠도 그런 걸……."

"그 사람은 어딘지 불쾌해."

"빌 폴리 아저씨도 그래. 네틀즈 아저씨도 그렇고, 로빈슨 아저씨도. 지난번에 택배회사에서 온 아저씨도 그렇고. 그리고 지난주에 공사장에 있던 남자들이 엄마한테 휘파람 불었던 거 기억해? 그때 우리 집에 수리하러 왔던 아저씨도……."

이야기를 듣던 엄마가 재미있다는 듯 웃었다.

"알았다, 알았어. 그만 띄워줘도 돼."

"아저씨들은 엄마한테 말할 때 두 가지로 나뉘어. 내 눈으로 확인한 거야. 엄마한테 집적거리거나 아니면 부끄러워하면서 다정하게 굴거나, 둘 중 하나야."

엄마는 당황스럽다는 듯이 난감한 표정을 짓더니 말했다.

"로저 씨는 어떠니? 어떻게 행동하는데? 집적거리는 쪽, 아니면 다정한 쪽?"

루크는 시선을 돌렸다.

"어느 쪽인데?"

엄마가 다시 물었다. 둘 다 이미 대답은 알고 있다. 하지만 그는 엄마의 얼굴에서 그 대답을 얼마나 듣고 싶어하는지를 알아차렸다.

"그 아저씬 달라. 다른 아저씨들하곤."

"어떻게 다른데?"

"이미 알고 있잖아."

"어쨌든 말해봐."

루크는 접시를 한쪽으로 밀쳐놓고 팔꿈치를 괴어 상체를 앞으로 기울였다.

"그 아저씬 엄마를 그냥 좋아하는 게 아니야. 엄마를 사랑해."

"그게 그렇게 싫으니?"

"아닐 수도 있고."

"아닐 수도 있다고?"

그는 엄마의 얼굴을 쳐다봤다.

"응, 아닐 수도 있다고."

엄마는 아들의 얼굴을 잠시 유심히 살폈다.

"루크?"

"응?"

"다 괜찮을 거야."

"뭐가 괜찮을 거라는 거야?"

엄마가 미소를 지어 보였다.

"모든 게. 모든 게 다 괜찮을 거다."

엄마는 루크의 얼굴을 바라보다 다시 입을 열었다.

"애정문제에 대한 네 의견을 말해줬으니 나도 의견을 하나 말해줄게. 엄마를 좋아하는 사람이 많다고 했지? 너한테도 그런 사람이 있어."

"그게 누군데?"

"오늘 아침에 만나게 될 거야."

"미란다?"

고개를 끄덕이던 엄마는 손을 뻗어 루크의 팔을 꼬옥 잡았다.

"그 애 마음을 아프게 하지 마."

"안 그래요. 그럴 수도 없고."

"참 좋은 애야."

"알아."

"매력도 많고."

"으응. 알아."

"그런데 감성적인 애야. 그러니까 마음 아프게 하지 마."

"안 그래. 말했잖아. 그리고 그 앤 나한테 그런 감정을 느낄 애가 아니야."

"그렇구나."

"그럼."

엄마는 빈 접시를 집어 들고 몸을 숙여 아들에게 입 맞췄다.

"네가 믿고 싶은 대로 믿으렴. 그 애 마음만 안 아프게 하면 돼."

12

그러나 루크는 집을 나서는 순간 알았다. 자신이 미란다의 마음을 아프게 할 거란 사실을. 토비저그에는 아직 갈 수 없다. 다시 여러 가지 소리에 휩싸이기 시작했기 때문이다. 헤이번 앞으로 난 길 위에 서서 몸을 떨며 루크는 귀를 기울였다. 소리는 그의 머리 위를, 몸 안을, 주위를 굴러다니는 듯했다. 부드럽게 들리는 그 소리는 귀로 듣는다기보다는 몸으로 감지할 수 있는 어떤 형상처럼 느껴지기도 했다. 온몸으로 아빠의 미완성 선율을 들었고, 끊임없이 머릿속을 맴도는 애처롭고 단순한 그 곡을 들었으며, 알고 있는 곡과 또 알지 못하는 곡을 들었다. 모든 멜로디는 그가 직접 연주하는 것처럼 또렷하게 들렸다. 뿐만 아니라 들판과 언덕과 산울타리의 소리를 들었고 멀리 어딘가에서 웅얼거리는 목소리를 들었다. 그중 특히 목소리 하나가 도드라지게 들렸는데 그 소리는 시시각각 커졌다.

"할머니, 할머니, 할머니."

소리가 어찌나 또렷한지 소녀가 바로 옆에 있는 것만 같았다. 하지만 루크가 서 있는 곳은 그랜지와 전혀 가깝지 않다. 더구나 그는 지금 길 위에 홀로 서 있다.

"할머니, 할머니, 할머니……."

곧 울음을 터뜨릴 것 같은 소녀의 목소리. 루크는 소녀가 왜 고통스러워하는지, 리틀 부인은 왜 그가 소녀를 도와줄 수 있다고 하는지 곰곰이 생각해봤다. 하지만 모두 아리송했다. 그는 교회에 딸린 묘지로 걸어 들어갔다. 그러곤 아빠의 묘지 앞에 무너지듯 앉아 귀를 기울였다. 그 모든 소리가 사라진 건 한 시간도 훨씬 지나서였다. 그제야 루크는 토비저그에 갈 수 있을 것 같았다.

왁자지껄한 웃음소리와 이야기소리가 술집의 열린 창문으로 새어 나왔다. 루크는 바로 들어가지 못하고 밖에 서 있었다. 소녀의 목소리가 머릿속에서 속삭이듯 계속 들려왔다. 그는 마음을 다잡았다. 이렇게 늦게 나타났으니 화가 잔뜩 났겠지만 어쨌든 미란다를 만나야 했다. 한껏 웃으며 나를 바라볼 그 얼굴을 봐야 했다. 자신을 가르치려들지 않는 유일한 사람, 그리고…….

'그냥 아는 친구일 뿐이야.'

하지만 미란다는 지금 시간이 없을지도 모른다. 부모님을 도와야 한다고 말했는데 시끌벅적한 소리가 나는 걸로 봐서 데이비스 부부는 오늘도 분주한 점심시간을 보내고 있음이 분명했다. 요즘은 늘 그렇다. 이 오래된 술집은 기이하게 허름했지만 어쩌면 그런 특징 때문인지 몰라도 여름철이면 관광객의 발길이 이어졌다. 안으로 들어가니 자전거 여행자와 배낭족 같은 관광객뿐 아니라 일요일이면 으레 점심을 먹으러 오는 마을 단골손님으로 발 디딜 틈 없이 붐볐다. 데이비스 씨는 손님들에게 둘러싸여 술을 어서 갖다드리라고 소리쳤고 데이비스 부인과 소피와 베리티는 음식이 담긴 쟁반을 들고 탁자 여기저기를 분주하게 오갔다. 루크는 혼잡한 술집 안을 용케 밀치고 들어가다가 건장한 체구의 빌 폴리 씨를 발견했다. 그 옆을 보니 초췌한 몰골의 스키너 씨가 등 없는 의자에 구부정하게 앉아 있었다. 빌 폴리 씨가 루크를 발견한 순간 그 특유의 우렁찬 목소리로 소리를 질렀다.

"루크 스탠턴! 넌 이런 곳에 오면 안 돼! 이런 데 오려면 적어도 열여덟은 되어야지!"

"술 마시러 온 거 아니에요."

"순진하긴, 농담이다! 그래, 유머감각은 다 얻다 팔아먹었냐?"

"광장에 버리고 왔어요."

루크는 스키너 씨를 흘긋 쳐다봤다. 이미 눈이 풀려 있었지만 아직 괜찮아 보였다. 하지만 몇 잔 더 마시면 빌 폴리 씨와 일행이 스키너 씨를 술집 밖으로 끌어낼 것이다. 근처에 있던 데이비스 씨가 맥주를 따르다가 루크를 발견하고 소리쳤다.

"도대체 어디 있다 오는 거냐? 열두 시 반이 다 됐는데!"

"죄송합니다."

"그 애는 이미 포기했어. 그럴 만도 하지. 약속을 했다고 해서 네 녀석이 올 거라고 철석같이 믿다니, 참 어리석지, 응?"

"일이 좀 있었어요."

"전화도 할 수 없었니?"

"네. 그러니까…… 못할 상황이었어요. 죄송해요. 미란다는 아직 여기 있어요?"

"위층 방에 올라가 있어. 내키면 가서 만나보든가. 미란다가 네 머리를 쥐어뜯어도 내 탓은 하지 말고."

"미란다를 바람맞혔구나?"

빌 폴리 씨는 이렇게 말하며 루크의 가슴을 쿡 찔렀다.

"미란다처럼 멋진 애한테 그러면 안 되지."

"네, 네, 알겠어요."

루크는 빌 폴리 씨에게서 벗어나 사람들 틈을 비집고 나가다가 부엌으로 가던 데이비스 부인과 부딪혔다. 부인은 루크를 위아래로 훑어보며 말했다.

"굳이 왜 왔는지 모르겠구나."

"죄송합니다."

"이렇게 늦을 만한 이유라도 있었니?"

"일이 좀 있었어요."

"무슨 일?"

"그러니까……."

그는 마땅한 대답을 열심히 생각하며 눈길을 돌렸다.

"그게……."

"말 안 해도 돼. 내가 좀 바쁘거든. 미란다는 위층에 있단다."

부인은 더는 할 말이 없다는 듯 루크의 곁을 지나갔다. 루크는
아까보다 더 죄책감을 느끼며 옆문으로 들어갔다. 문을 닫자 왁
자지껄한 소리가 웅성거림으로 바뀌었다. 루크는 천천히 숨을 내
리쉬며 마음을 가라앉히고 술집 뒤쪽 휴게실로 걸어갔다. 그는
찌부러진 소파와 옛날 벽난로, 그리고 구석에 자리한 낡아빠진
피아노가 있는 이 공간이 좋았다. 나무 표면에 얼룩이 더럽게 묻
어 있고 건반이 변색된 피아노는 흉물스러웠다. 하지만 데이비스
부부가 이중주를 연주하면서 건반을 쾅쾅 두드린 세월이 얼마나
길었던가를 감안하면 놀라울 정도로 상태가 좋았다.

루크는 창가로 걸어가 천천히 숨을 내쉬었다. 여전히 그의 마
음속에는 소녀의 목소리와 그동안 들었던 묘한 소리들이 가득했
다. 이 상태로는 미란다에게 갈 수가 없었다. 그래서 술집 밖에
펼쳐진 데이비스 부부의 정원을 내다봤다. 야트막한 담 저쪽 끝
에 묘지가 평화롭게 펼쳐져 있었다. 한참 동안 아빠의 묘지를 찾

아봤지만 교회에 가려져 보이지 않았다. 그는 침을 꼴깍 삼켰다. 이렇게 쳐다봐도 아무 소용이 없었다. 아빠께 다녀온 지 얼마 되지도 않았고 또 조만간 가볼 텐데. 그는 피아노로 시선을 돌렸다. 피아노 위에 나란히 놓인 악보와 미란다의 플루트가 눈에 들어왔다. 〈정령들의 춤: 피아노와 플루트용 편곡〉이었다. 다시 마음을 다잡고 계단으로 연결되는 복도에 한 발을 내디뎠다.

토비저그는 정말이지 묘한 곳이다. 루크는 항상 이 술집을 생각하면 여러 가지 뒤섞인 감정을 느꼈다. 토비저그에 오면 마치 아주아주 오래 전 14세기로 돌아간 듯한 기분이 들었다. 때때로 이 집은 그보다 더 오래돼 보였다. 그리고 어수선하고 자유로웠다. 복도에는 카펫이 깔려 있지 않았다. 단단한 돌바닥이 그대로 드러난 복도는 폭이 좁고 천장이 낮았으며, 객실로 이어지는 계단은 성곽의 계단처럼 나선형이다. 모든 창문이 작은 데다 불빛도 희미해서 항상 침체된 분위기가 감돌았다. 객실에는 화장실도 없고 세면기나 욕조나 샤워기도 없었으며 유일하게 1층에만 그런 시설이 있었다. 루크는 한밤중에 이 을씨년스러운 돌계단을 오르내리려면 손님들 기분이 별로 좋지 않을 거라고 상상했다. 하지만 정작 이 건물 꼭대기 오른쪽 방을 쓰는 미란다는 다른 방으로 옮길 생각을 안 했다.

루크는 항상 그랬듯 계단을 세며 올라갔다. 하나, 둘, 셋……. 그는 계단참을 지나고 또 지나 계속 위로 올라가면서 작은 창문이 나타날 때마다 밖을 내다봤다. 정원과 묘지를 내려다보기 위해서라기보다는 햇빛이 계속 비추고 있다는 사실을 확인하기 위해. 쉰아홉, 예순, 예순하나……. 숨이 턱까지 차올랐을 때 꼭대기 층이 시야에 들어왔다. 이제 마지막 객실을 지났고 계단참도 하나만 남았다. 지금 있는 곳에서 왼쪽이 데이비스 부부의 방이고 가운데가 소피의 방이다. 그리고 오른쪽이 베리티의 방이고 맨 꼭대기 층에 있는 방 하나가 미란다 것이다. 그 방문에는 '나의 요새'라고 쓰인 익숙한 문패가 걸려 있었다.

안에서는 아무 소리도 들리지 않았다. 문 앞에서 망설이다가 노크를 했다. 안에서 웅얼거리는 소리가 들렸지만 무슨 말인지 알아들을 수가 없었다. 손잡이를 돌려 문을 열었다. 미란다는 그에게 등을 보인 채 창가에 서 있었다. 창밖으로 저 멀리 버클랜드 숲이 내려다보였다. 그때 미란다가 뒤를 돌아봤다. 그러고는 루크를 발견하고 눈살을 찌푸렸다.

"미안해."

그가 말했다.

미란다는 대답하지 않았다.

"미란다, 미안해. 있잖아……."

"루크, 이럴 필요 없어."

미란다가 창밖을 내다보며 대답했다.

"뭘?"

"사과 말이야. 뭔가 중요한 일이 있었겠지. 뭐, 괜찮아. 네가 바쁘다는 거 다 아니까."

"내 말 좀 들어봐……."

"그리고 연주회 일도 신경 쓰지 않아도 돼. 괜찮으니까. 어쨌든 좀 웃기지 않니? 네가 반주해주는 거 말이야. 내 플루트 연주는 형편없는데 넌 너무 뛰어나고, 뭐든지 말이야. 그리고……."

"미란다……."

"다만……."

미란다는 몸을 돌려 처음으로 루크를 똑바로 쳐다봤다.

"도와주겠다고 약속해놓고 아무 말도 없이 날 기다리게 만든 건 옳지 않다고 생각해. 게다가 그때 말했던 것처럼 난 오늘 부모님 일을 도와드려야 해서 연습할 시간도 조금밖에 없는 상황이었어. 사실 지금도 난 여기 있으면 안 된다고, 알아? 아래층에 내려가서 도와드려야 한다고. 연주회 때문에 하도 조바심을 내고 걱정하니까 아빠가 잠시 쉬라고 해서 여기 있는 거야."

"미란다……."

"괜찮아. 알겠니? 정말 괜찮다고. 네가 반주하기 싫어하는 걸 이해한다는 말이야. 플루트에 맞춰 반주하는 게 너한테 얼마나 지루할지 나도 알아. 문제될 거 없어. 난 괜찮으니까. 그렇지만…… 하고 싶지도 않으면서 도와주겠다는 말은 하지 말아줘."

"정말로 돕고 싶어."

"그렇지 않아. 괜찮다니까. 말했잖아, 괜찮다고."

"미란다, 들어봐, 난 정말 돕고 싶어. 단지 말이야……."

루크는 침대 모서리에 걸터앉았다.

"나한테 일어나고 있는 일들을 도무지 이해할 수가 없어서 그래."

그는 미간에 주름을 바짝 잡았다.

"점점 혼란스러워져. 맘 상하게 해서 미안해. 잘못했다는 거 알아. 다른 사람은 몰라도 너만은 화나게 하고 싶지 않은데. 화내지 말아줘. 정말 잘못했어. 실은 엄마랑 사이가 안 좋았는데, 로저 길모어 아저씨 일로 좀 정신이 없었어. 그리고……."

루크는 소녀와 리틀 부인과 스킨 패거리, 그리고 귓가에 들리는 온갖 이상한 소리에 대해 생각했다.

"그리고…… 다른 일도 있어. 그건 말할 수 없지만."

루크는 다시 인상을 찌푸리며 말했다.

"미안해."

루크는 바닥을 내려다봤지만 미란다가 다가와 그 옆에 앉는 게 보였다. 그리고 미란다가 그의 팔에 손을 얹는 걸 느꼈다.

"괜찮아."

미란다가 말했다.

루크는 미란다를 쳐다보며 미소 지었다. 미란다도 수줍어하며 아주 잠깐 미소를 지어 보였다. 그는 팔에 올려진 미란다의 손을

179

잡고 힘을 주었다.

"자, 그럼 연습해보자. 너한테 시간이 있다면."

"시간은 그런대로 있지만 너 정말 하고 싶은 거야? 그러니까, 네가 요즘 복잡한 것 같아서……."

"난 그렇게 말한 적 없는데……."

"너 요즘 복잡한 거 맞아. 연습 하기 전에 그것부터 해결해야해. 네가 연주회 때 실수해서 내 연주를 망치는 건 싫거든."

기분이 많이 풀렸는지 미란다가 히죽 웃으며 말했다.

"그만해."

루크도 웃으며 대답했다. 그러고는 자리에서 일어나 미란다를 일으켜 세웠다.

"복잡한 내 마음이야 사소한 문제지. 그런 걸로 내가 피아노 연주를 망칠 것 같아?"

루크는 미란다의 손을 계속 붙잡고 있었다는 사실을 알아차리고는 흠칫 놀라 손을 놓으며 말했다.

"자, 그럼 이제 연습을 해보자."

루크는 미란다와 휴게실로 내려가 피아노 앞에 앉았다.

"지난번에 내가 연주한 후에 다시 조율했니? 너희 부모님이 조율해놨다면 좋겠는데."

그는 희고 검은 건반을 빠르게 눌러가며 몇 소절을 연주한 후 고개를 끄덕였다.

"훨씬 낫네. 너희 부모님이 그렇게 혹사시켰는데도 아직도 이렇게 소리가 좋은 걸 보면 믿기지가 않아."

그는 자기가 억지로 우스갯소리를 하고 있다는 걸 알았다. 자기 기분을 바꿔보려고 그러는 건지, 아니면 미란다의 기분을 좋게 하려고 그러는 건지 그건 본인도 알 수 없었지만. 몇 소절 더 빠르게 연주해서 손의 긴장을 푼 다음 함께 연주하기로 한 곡을 떠올렸다. 미란다가 악보를 준비하는 걸 기다리면서 기억나는 대로 연주를 시작했다. 몇 소절이나 연주했을까, 그런데 미란다의 기척이 느껴지지 않았다. 손을 멈추고 돌아보니 미란다가 궁금한 얼굴로 루크를 물끄러미 쳐다보고 있었다.

"어떻게 치는 거야? 앞에 악보도 없잖아."

"뭐, 기억나는 대로."

"이 곡 이미 배운 거야? 하딩 선생님이랑 연주해봤어?"

"아니, 그냥 몇 번 들어만 봤어. 아빠가 몇 년 전에 이 곡을 치신 적이 있거든. 좋은 곡인데 내가 잘못 치는 건지도 몰라."

미란다는 피아노 파트 악보를 집어 들고 루크 앞에 펼쳐서 놓아주었다. 악보를 대충 훑어본 후 그가 말했다.

"이런, 처음부터 건반을 잘못 눌렀네."

루크는 악보를 읽어나가면서 연주를 시작했다. 미란다가 준비하기를 기다렸지만 미란다는 그를 쳐다보고만 있었다. 그가 연주를 멈추고 다시 뒤를 돌아봤다.

"왜?"

미란다가 고개를 절레절레 흔들며 말했다.

"루크, 넌 정말 재능이 뛰어나. 그렇게나 연주를 잘한다면 별로 고민할 것도 없을 것 같은데."

"그럴 리가. 그냥 하는 말이 아니라 고민거리는 많아. 하지만 그 얘기는 아까 다 했으니까, 이제 연주를 해보자."

미란다는 악보를 펼쳐 악보대에 세운 후 플루트를 집었다.

"있잖아, 나한테 인내심을 좀 발휘해줬으면 좋겠는데."

"당연하지."

"아까 네가 실수해서 연주회를 망친다는 둥 농담을 했지만 난 정말 잘 못하거든. 어쩌면 연주하다가 자주 멈출지도 몰라."

"그건 걱정 마. 자, 한번 해보자."

"으응, 그래."

미란다와 루크는 천천히 연주를 시작했다. 하지만 미란다는 시작한 지 얼마 되지 않아서 실수를 했다.

"미안."

"괜찮아. 그 부분에서 다시 시작하자."

"처음부터 다시 하면 안 될까? 이건 일종의 예행 연습이었다고 치고."

"응, 그래."

두 사람은 연주를 다시 시작했다. 미란다는 아까보다 몇 소절 더 진도를 나간 후에 멈추었다. 그러고는 곧바로 얼굴을 붉혔다.

"정말 안 되네. 왜 이렇게 신경이 쓰이는지 모르겠어."

"그냥 최선을 다해봐."

"솔직히 혼자서 연주하는 건 할 수 있어. 잘하지는 못하지만 너무 빨리만 아니라면 끝까지 연주할 수는 있다고."

"빨리 쳐야 하는 곡은 아니잖아."

"알아…… 그러니까…… 연주는 할 수 있는데. 문제는, 너랑 같이 연주하니까 긴장돼."

"그냥 혼자 연주한다고 생각하고 해, 알았지? 내가 이 방에 없다고, 아니 이 건물에 아예 없다고 상상해봐. 그리고 얼마든지 중간에 멈추고 다시 시작해도 괜찮아. 거기에 맞춰서 내 파트를 연주할 테니까. 빠르게 하든 느리게 하든 속도는 상관없으니 네가 원하는 대로 해."

"천천히 할게."

"알았어."

"아주 천천히. 넌 지루할지도 모르겠다."

"안 그래. 어서 해보자. 네가 원하는 대로 천천히. 원한다면 아주 아주 천천히."

두 사람은 처음부터 다시 연주하기 시작했다. 미란다는 천천히 연주하고 싶다고 말해놓고 그러지 않았다. 오히려 조금 빠른 편이었다. 가능한 한 연주를 빨리 끝내고 싶다는 듯. 하지만 음악은 점차 흐름을 타기 시작했다. 루크는 미란다가 관찰당하고 있다고 느끼지 않도록 주의하면서 연주하는 동안 미란다를 곁눈질로 살폈다. 미란다는 진지한 얼굴로 두 눈을 악보에 고정하고 있었다. 살짝 긴장한 것 같았지만 점차 자신감을 회복하는 게 느껴졌다. 루크도 긴장을 풀고 점차 곡에 빠져들었다. 다시 들으니 참 좋은 곡이었다. 그동안 잊고 있었다는 게 신기할 정도로 기분 좋은 곡이다. 스트로베리힐에 살 때 아빠가 이 곡을 연주하던 모습이 기억났다. 엄마가 소파에 앉아 멜로디를 따라 흥얼거리던 모습도. 루크는 아빠의 얼굴을 떠올리며 행복하게 연주하다가 갑자기 멈추고 말았다. 미란다의 플루트 연주도 따라 멈췄다.

"왜 그래?"

미란다가 물었다.

루크는 아무 말 없이 침묵을 지켰다. 자기 의식을 잡아끄는 소리에만 귀를 기울인 채. 미란다의 플루트 소리가 아니라 다른 플루트 소리가 조용한 실내를 파고들었다. 그 소리가 어찌나 미세하고 친숙한지 마치 그의 마음속에서 슬금슬금 새어나오는 것 같았다. 그 자신의 목소리처럼. 그는 미동도 하지 않고 귀를 기울였다. 그러자 더 많은 소리가, 깊은 내면에서 분출되는 듯한 묘한 소리가 들려왔다. 윙윙거리는 소리, 하프소리, 종소리, 그리고 머릿속을 온통 맴도는 세찬 물줄기 소리와 그 물줄기 위를 유연하게 흐르는 플루트 소리.

"루크? 왜 그래?"

미란다의 말에 소리가 사라지고 다시 잠잠해졌다. 루크는 심장을 찔린 듯한 고통을 느꼈다. 조금, 조금만 더 그 소리를 듣고 싶었다. 그가 미란다를 돌아보며 말했다.

"너도 들었니?"

"뭘? 〈정령들의 춤〉?"

미란다의 얼굴에는 당황을 넘어 두려운 기색까지 비쳤다. 루크는 미란다의 마음을 다시 편하게 해주고 싶어 슬쩍 미소를 지어 보였다. 하지만 미소는 어색했고 미란다의 낯빛은 어두웠다.

"넌 무슨 소리를 들었는데?"

루크는 대답을 회피하며 눈길을 돌렸다.

"루크, 뭐라고 좀 말해봐."

루크가 미란다를 다시 쳐다봤다.

"그게……."

그는 미란다의 얼굴에 여전히 두려움이 서려 있는 것을 보고 다시 억지로 웃어 보였다.

"사실 아무것도 아니야. 아무 소리도 못 들었어. 그냥 내 상상 때문인 것 같아."

그는 다시 피아노로 몸을 돌렸다.

"자, 다시 시작해보자."

13

스킨 패거리는 그랜지 아래쪽 오리나무 옆에서 기다리고 있었
다. 다즈는 나무 위에 올라가 나뭇잎으로 반쯤 몸을 가리고 오래
된 그 집을 내려다보고 있었다. 그들과 합류한 루크는 조심스럽
게 주변을 둘러봤다. 리틀 부인의 기척이 느껴지지 않아 내심 다
행스러웠다. 지금은 부인을 보고 싶지 않았다. 아마 그건 부인도
마찬가지일 것이다. 그때 소녀의 울음소리가 다시 들렸다. 그 소
리는 마치 머릿속에서 들려오는 일방적인 대화 같았고 한순간에
모든 소리를 압도했으며 그 어느 때보다 더 강렬하고 절박했다.

스킨이 루크를 훑어보며 말했다.

"삼십 분이나 늦었어. 안 나오는 줄 알았네."

정말이지 그럴 수만 있다면 나타나고 싶지 않았다. 하지만 그

러면 혹독한 대가를 치르게 되리라. 스킨은 아무 대답 없는 루크를 조금 더 훑어보다가 다즈를 올려보며 말했다.

"그 할멈이 있는 것 같아?"

"글쎄. 아직 안 보이는데."

"넌 못 봤어도 할멈은 널 봤을 수도 있어. 네가 자꾸 머리를 이리저리 움직이니까 나뭇가지가 계속 흔들리잖아."

스피드가 눈을 가늘게 뜨고 위를 올려다봤다.

"나니까 이렇게 나무에 오를 수 있는 거야. 너 같은 뚱보한텐 어림없는 일이지."

다즈가 쏘아붙였다.

"나도 올라갈 수 있어."

"누가 도와줘야만 가능한 일이지."

"그 오크에 올라갈 때는 너도 도움을 받아야 하잖아."

"그건 스킨도 그렇고 모두가 그래. 피아노나 뚱땅거리는 저 녀석만 빼고."

"둘 다 그만해! 말다툼은 그만하라고. 너희 얘기를 들으니까 꼭 여자애들이 싸우는 것 같아. 오크에 올라가는 것도 문제없어. 걱정하지 마."

스킨은 이렇게 말하고 시선을 루크에게 돌렸다.

"지금 우리한테는 나무 타기 전문가가 있잖아."

그러더니 루크를 잠시 더 쳐다보다가 다즈를 올려다보고 소리쳤다.

"내려와. 아지트로 갈 거야."

다즈가 오리나무에서 기어 내려왔다. 숲을 빠져나가자 일단은 안심이 됐다. 패거리가 오크 위의 집에 올라가는 건 싫었지만 그 랜지에서 벗어나고 싶은 마음이 훨씬 절실했다. 그랜지를 바라보 기만 해도 양심이 찔리는 기분이었다. 걸어가는 동안 스킨이 다 시 비아냥거렸다.

"혹시 난 또 네가 겁 먹었나 했지."

"겁낼 게 뭐가 있는데?"

루크는 가능한 한 대담한 척 말하려고 애썼다.

"우리 만나는 거. 연속 이틀 동안 임무를 수행 못했잖아."

"지난밤엔 실패한 게 아니야. 안에 들어가서 둘러봤잖아. 상자 를 못 찾았을 뿐이지."

스킨이 루크를 쳐다봤다.

"뭐, 괜찮아. 오늘 밤에 입증할 기회가 한 번 더 있으니까."

이 말을 하며 스킨이 루크에게 윙크했다.

"넌 운 좋은 녀석이잖아."

그는 루크가 미처 뭐라고 대답하기도 전에 일행에게 휘파람을 불며 말했다.

"야! 피우자!"

패거리가 마로니에 나무 아래 옹기종기 모이자 다즈가 담배

한 갑을 꺼냈다.

"그게 다야?"

스킨이 물었다.

"응."

"잘했다. 퍽이나 잘했다. 그것 피고 퍽이나 기분 좋겠다. 아주
헤롱헤롱하겠어."

"미안, 시간이 없어서 다른 건 더 못 가져왔어."

"알았어."

스킨이 담배 한 개비를 꺼내서 입에 갖다 대며 말했다.

"설마 거짓말이겠어."

다즈는 담배를 하나씩 나눠줬고 루크도 다른 아이들처럼 담배
를 받아들었다. 다즈가 성냥을 켜자 모두 상체를 앞으로 숙여 담
배에 불을 붙였다.

"이런 게 바로 유대감이라는 거야."

스킨이 말했다. 그는 담배를 입에 물고 두 팔을 뻗어 일행을 가
까이 끌어당겼다.

"깊은, 유대감."

그는 코앞까지 가까워진 일행의 얼굴을 차례로 쳐다봤다. 각
자 입에 문 담배 끝이 타들어갔고 모여 있는 그들 한가운데서 담
배 연기가 솟아올랐다.

"한 사람은 모두를 위해, 모두는 한 사람을 위해. 바로 그런 게

유대감이지. 자, 좀 더 가까이 와."

그 말에 모두 팔을 뻗어 서로를 껴안았다.

"꽉 껴안아. 그래, 우린 모두 하나야. 알겠지? 모두 하나라고. 우리는 일심동체야. 항상 서로를 위해야 돼."

루크는 자기를 바라보는 스킨의 시선을 느꼈지만 모르는 척 고개를 돌렸다. 그 순간 스피드가 기침을 하기 시작했다.

기침소리에 스킨이 와락 웃음을 터뜨리는 바람에 붙어 있던 몸이 서로 떨어졌다. 스피드는 연기 때문에 연신 침을 튀기며 기침을 해댔다. 스킨이 그의 등을 탁탁 쳐줬다.

"자, 다 피웠으니까 이제 몸을 좀 움직여."

"벌써 움직이고 있다고."

스피드는 이미 나무 사이를 육중하게 돌아다니고 있었다. 그 모습을 보고 다즈가 소리쳤다.

"움직인다고? 그런 게 움직이는 거구나. 큭, 그런 건 뒤뚱거린 다고 해야 되는 거 아냐?"

스킨이 다시 웃음을 터뜨렸다.

"하여튼 저 녀석은 무슨 일이든 빨리 하는 꼴을 못 봤다니까."

"그럼 저 녀석이 햄버거 하나를 게 눈 감추듯 빨리 먹는 것도 못 봤겠네."

다즈가 말했다.

스킨과 다즈는 킬킬거리며 스피드 뒤를 걸었다. 루크는 불안한 마음으로 그 뒤를 따랐다. 나는 왜 여기에 있는 거지? 더는 이 녀석들과 엮이고 싶지 않은데 어떻게 해야 벗어날 수 있을까? 다즈와 스피드라면 문제될 게 없었지만 스킨은 달랐다. 루크는 스킨이 두려웠고 스킨은 그 사실을 알고 있다. 그는 별 맛도 못 느낀 채 가끔씩 담배를 빠끔거리며 숲길을 터벅터벅 걸었다. 마침내 오크 고목 나무 앞에 닿았다. 이미 도착한 일행의 시선이 모두 그에게 쏠렸다.

스킨이 나무밑동에 담배를 던지며 말했다.

"자, 이제 전문가한테 맡겨야지."

"밤도둑한테 말이지."

다즈가 말했다.

루크는 그들을 둘러봤다. 나무에 아무렇게나 담배를 버리다니, 스킨의 행동이 혐오스러웠다. 루크는 아까 담배를 비벼 끈 후 푸석푸석한 흙에 묻어뒀다. 다즈와 스피드도 스킨을 따라 나무둥치에 담배를 버렸고 그러면서 루크를 뚫어지게 쳐다봤다. 루크는 눈살을 찌푸리며 나무 위로 올라갔다. 나중에 담배꽁초를 치워야겠다고 생각하면서. 이곳에 다시 와야 하는 번거로움쯤은 대수롭지 않았다. 그때 또 나무를 탈 수 있을 테니까.

따뜻한 나무껍질의 감촉은 언제나 좋았다. 그에게 나무는 오래된 친구였다. 하지만 오늘은 함께 온 녀석들 때문에 나무타기의 즐거움이 다른 때보다 훨씬 덜했다. 루크는 다른 사람이 이 나무에 오르는 게 갈수록 싫어졌다. 특히 스킨 패거리가 발로 긁어 가면서 오크 나무를 타는 걸 생각하면 더없이 불쾌했다.

루크는 첫 번째 나뭇가지에 올라가 아래를 내려다보며 잠시 한숨을 돌렸다. 밑에 남은 아이들은 여느 때처럼 질투 섞인 감탄의 눈빛을 보내고 있었다. 왜 다른 사람들은 여기까지 못 올라오는지 그는 알 수가 없었다. 그렇게 어려운 일도 아닌데. 어쨌든 지금은 그런 것을 생각할 때가 아니다. 스킨이 턱짓으로 꼭대기를 가리켰다. 루크는 자신에게 친숙한, 얽히고설킨 나뭇가지 위로 올라가 나무 위 집에 도착했다. 오르고 나니 기분이 훨씬 좋아졌다. 판자 위로 몸을 끌어당겨 그 위에 누운 후 그 순간을 음미했다. 하지만 스킨은 그 짧은 순간도 허락하지 않았다. 스킨의 고함과 함께 잠깐 동안의 즐거움이 물거품처럼 끝나버렸다.

"야, 루크! 거기서 뭐하는 거야? 이상한 짓이라도 하냐?"

바보처럼 웃어대는 아이들 소리가 들렸다. 루크는 정말로 내키지 않았지만 줄사다리를 아래로 내렸다. 스킨이 밑에서 그것을 붙잡았다.

"단단히 고정돼 있는 거야?"

스킨이 소리쳤다.

"그래!"

그러자 한 명씩 올라오기 시작했다. 스킨의 몸은 근육질이었지만 밧줄을 타고 올라올 때는 둔하고 어설퍼 보였다. 루크는 스킨이 자신 없어 하는 일이 있다는 사실을 확인할 때면 항상 큰 만족감을 느꼈다. 아래쪽 나뭇가지까지 도달하는 데 스킨은 상당한 시간이 걸렸지만 일단 거기에 당도하자 금세 자신감을 회복했다. 그는 밧줄을 밑에 남은 아이들에게 내려주고 나무 위 집으로 몸을 끌어당겼다. 뒤이어 밧줄을 잡은 다즈가 몸을 비틀면서 빠르게 올라왔다. 다즈는 몸이 가벼워서 훨씬 민첩했다. 그도 첫 번째 나뭇가지에 도착한 다음 줄사다리를 밑으로 내렸다. 하지만 스킨과 달리 더 올라가지는 않았다. 대신 다소 처량하게 혼자 서 있는 스피드를 내려다보면서 히죽 웃으며 말했다.

"오를 때 너무 몸부림치지 마라. 이 큰 나무가 부러질지도 모르잖아."

"입 닥쳐!"

스피드가 다즈를 올려다보며 대답했다.

다즈는 스피드의 말을 무시하고는 스킨을 올려다보며 말했다.

"더 두꺼운 밧줄을 썼어야 하는 거 아니야? 이건 저번에 스피드가 올라올 때 거의 끊어질 뻔했잖아."

"더 튼튼한 밧줄이 있는지 모르겠네."

스킨이 말했다.

"쇠사슬을 가져와야 할까 봐."

다즈가 킬킬거리며 대답했다.

"입 닥쳐!"

스피드의 얼굴이 화끈거렸다. 다즈와 스킨은 뭐가 그렇게 좋은지 깔깔대며 웃었다.

"안 그러면 나 안 올라간다!"

스피드가 소리쳤다.

"올라와, 스피드! 우린 널 정말 좋아하거든!"

스킨이 소리쳤다. 그 말에 스피드가 못 이기는 척 줄사다리를 붙잡고 둔하게 나무를 오르기 시작했다. 밧줄에 힘이 가해지자 스킨과 다즈가 환성을 질렀다.

"잘한다, 스피드!"

다즈가 소리 질렀다.

"호리호리 스피드! 방울방울 비눗방울같이 가벼워 보여! 아주 둥둥 뜨겠는데, 푸하하!"

스피드는 툴툴거리면서 힘들게 줄사다리를 타고 올랐고 얼굴은 집중하느라 잔뜩 찌푸려졌다. 스피드는 계속되는 다즈의 야유를 무시하고 나무 오르는 데만 집중했다. 루크는 아무 말 없이 그 광경을 잠시 바라보다가 몸을 돌려 다시 판자 위에 드러누워 나무 차양 너머를 올려다봤다. 그러자 놀랍게도 꿈결 같은 그 장면이 되살아났다. 나무 속 통로를 지나 아빠와 함께 부드럽게 빛나는 별을 향해 날아오르는. 그는 눈을 감았다. 그리고 앞서 가는 아빠의 뒤를 따라 별을 향해 날아가는 자신의 모습을 그려보았다. 그때 그의 공상을 깨는 목소리가 들려왔다.

"젠장! 올라오는 게 뭐 이리 힘드냐."

뜨기 싫은 눈을 억지로 떠보니 나무 집 가장자리에서 자기를 바라보는 스킨의 얼굴이 보였다.

"나무 위에 왜 이딴 걸 만들었냐?"

스킨이 투덜거렸다.

"그래도 일단 올라와보니 좋긴 하네."

그는 메고 온 작은 배낭을 판자에 내팽개치듯 던지며 말했다.

"가볍게 기분전환도 되고 말이야."

그러고는 다시 나무 아래쪽을 내려다보며 킬킬거렸다.

"스피드는 한참 걸리겠지. 큭, 그 녀석이 여기 도착하면 우린 이미 여길 떠나고 없을지도 몰라."

마침내 스피드도 나무 위 집에 도착했다. 그들은 판자 위에 빙 둘러앉았다. 루크만 빼고 모두 숨을 헐떡이는 것 같았다. 그때 스킨이 배낭을 열더니 큰 병을 하나 꺼내 들었다.

"오늘은 뭐야?"

다즈가 물었다.

"위스키. 아빠 벽장에서 가져왔지."

스킨이 말했다.

"들키지 않을까?"

다즈가 물었다.

"우리 집 벽장에 술이 얼마나 많은지 너 못 봤어? 눈치채든 말든. 없어졌으면 포기해야지, 별 수 있나."

스킨이 병을 들고 한 모금 쭉 들이켰다.

"근데 이걸 엄청 좋아해, 뭐 들키면 혼나겠지만 상관없어."

그가 병을 스피드에게 건넸다.

"나보다 너한테 더 필요한 것 같다."

스피드가 병을 받아들자 다즈가 말했다.

"다 마시지 마. 조금 남겨두라고."

"많이 남아 있어."

스피드가 말했다.

"그러냐."

스피드는 다즈를 노려보며 두어 번 들이켠 후 루크에게 병을 건네주었다. 루크는 입만 댔지만 그보다 훨씬 많이 마신 척했다. 그는 위스키가 입에 맞지 않았다. 지난번 여기서 위스키를 처음 마셨을 때 어찌나 메스껍고 어지럽던지 나무를 내려갈 때 미끄러질 뻔했다. 루크는 다시 자기가 여기서 도대체 뭘 하고 있는 건가 하는 의구심이 들었다. 처음부터 이 패거리의 일원이었던 건 아니다. 다른 녀석들처럼 이곳에서 태어난 것도 아니다. 스킨 패거리는 이 마을에서 자라 초등학교 시절부터 항상 붙어 다녔지만 루크는 아빠가 돌아가신 2년 전부터 더욱 가까워졌을 뿐이다. 그때는 그들이 의지가 된다고 생각했고, 실제로 그러기도 했다. 다만 의지로 삼고 싶은 대상이 바람직하지 못했을 뿐.

다즈는 위스키 병을 받아들더니 일행에게 담배를 더 나누어주었다. 그렇게 거기 앉아 담배를 피우고 술을 마시는 사이 태양이 서서히 서쪽으로 기울었다.

"자, 그럼 자정에 다시 만나자. 이번에는 실수 없겠지."

스킨이 일행을 둘러보며 말했다. 루크는 자신을 향한 스킨의 시선을 느끼고 눈을 내리떴다.

"난 벌써 기진맥진이야. 어제 한숨도 못 잤어. 연속 이틀 밤이나 깨 있을 수 있을지 모르겠네. 게다가 이렇게 술까지 마셨잖아. 그리고 내일은 월요일이라 학교 가려면 일찍 일어나야 할 텐데."

스피드가 말했다.

"늦잠 자면 엄마가 깨워주겠지. 넌 끄떡없을 거야. 물론 너희 둘도."

스킨이 말했다. 잠시 아무 소리도 들리지 않아 올려다보니 모두 루크를 쳐다보고 있었다.

"왜?"

루크가 물었다.

"우리는 하나가 의심스러워."

스킨이 루크를 향해 말했다.

"뭐가?"

"네가 과연 오늘 밤에 나타날지 말이야."

"내가 안 나타날 이유가 뭐가 있겠어?"

"그걸 내가 알아? 네가 말해야 알지."

루크는 시선을 돌려 근처 나무를 쳐다봤다. 숲 안쪽에서 산비둘기 우는 소리가 들려왔다. 그는 리틀 부인과 소녀를 생각했다. 두 사람을, 특히 소녀를 어떻게든 보호해야 했다. 하지만 스킨의 말을 거부한다면 자신에게 위험이 닥칠 테고 지금은 그런 위험을 감수할 수 없었다. 특히 이 나무 위에서는. 방법은 나중에 강구할 수밖에 없었다. 그가 일행을 다시 쳐다보며 말했다.

"집 안으로 들어갈 거야. 걱정하지 마."

"그래, 널 위해서라도 그렇게 해야지. 아직 성공 못 했잖아."

스킨이 말했다.

"지난밤에 그랜지에 몰래 들어갔으니까 내 할 일은 했어. 그저께 밤도 마찬가지고."

"그럼 뭐해, 아직 우리 손에 상자가 없는데."

"상자는 못 봤다고 했잖아."

"그럼 상자가 없다는 말이냐? 그럼 내가 없는 걸 있다고 했다는 거야?"

스킨은 잠시 루크를 뜯어보다가 낮은 목소리로 말했다.

"넌 그냥 전처럼 하면 돼. 창문을 타고 넘어가라고. 그렇지만 오늘 밤은 조금 다를 거야. 이번에는 우리도 함께 들어갈 거거든."

"뭐라고?"

루크가 놀라서 물었다.

"우리도 들어간다고. 나랑 다즈랑. 스피드는 빼고."

"난 왜 빼?"

스피드가 말했다. 목소리에는 실망감이 역력했지만 얼굴에는 안도감이 서렸다. 부조화도 그런 부조화가 없었다.

"그 늙은이가 깨어나면 도망쳐야 되는데 넌 달리기가 약하잖아. 너 때문에 우리 모두 들킬 수도 있다고. 더구나 넌 눈에 잘 띄잖아."

스킨이 말했다.

"뚱뚱하다는 말을 그렇게 돌려서 하는 거야?"

다즈가 키득거리며 물었다.

스킨은 대답하지 않았다. 그의 얼굴은 무섭도록 진지했다.

"자정에 만나자. 모두 귀까지 덮는 털모자를 쓸 거야. 우선 루크 녀석을 집 안으로 들여보내서 현관문을 연 다음 나랑 다즈가 들어가서 상자를 찾는 거야. 조용히만 움직인다면 그 할멈은 깨지 않을 거야."

"저 녀석이 타고 넘어갈 창문이 열려 있지 않으면 어쩌지?"

다즈가 물었다.

"창문이 하나라도 열릴 때까지 밤마다 찾아가야지. 하지만 걱정하지 마. 창문은 여러 개 열려 있을 거야. 오늘 밤에도 날이 더울 테니까. 문제없어."

스피드는 코를 훌쩍거리다가 옷깃으로 코를 쓱 닦아냈다.

"도난경보기가 있으면 어떡해? 할멈이 자는 동안 경보기를 켜 놓을 수도 있잖아."

"어젯밤에는 안 울렸잖아. 그리고 루크가 모든 방을 돌아다녔다고 했고."

스킨은 이렇게 말하며 루크를 흘끗 쳐다봤다.

"이 녀석이 사실대로 말했는지는 모르겠지만."

"사실대로 말했어."

"상관없어. 거짓말이었대도 어차피 오늘 밤에 다시 갈 거니까. 창문을 타고 넘어가면 현관문을 열어서 나랑 다즈를 들여보내주라고. 그러면 네가 상자에 대해 사실대로 말했는지 어쨌는지 알게 되겠지."

스킨의 말은 냉담했다.

루크는 스킨과 다즈가 집 안을 돌아다니는 모습을 상상했다. 그리곤 리틀 부인과 공포로 웅크릴 눈먼 소녀를 생각했다.

"상자는 거기 없어. 시간만 허비하는 거야. 내가 모든 방을 뒤졌다고. 너희가 간다고 해도 못 찾을 거야."

스킨은 잠시 말없이 루크를 바라보다 차갑게 미소를 지었다.

"자정이야. 반드시 나오라고, 널 위해서."

14

"너 술 마셨구나. 담배도 피고, 숨 쉴 때마다 냄새가 나."

엄마는 탁자 위에 저녁식사를 내려놓더니 루크 앞에 똑바로 서서 그를 바라봤다. 그는 고개를 돌렸다.

"루크."

"왜?"

"잔소리하는 거 아니야."

"그렇게 들리는데, 뭘."

"아니야. 말했잖아. 잔소리는 이제 안 한다고."

"절대 안 한다고? 내가 정말 어리석은 짓을 해도?"

"글쎄, 예외도 있겠지."

루크는 엄마가 되도록 다정하게 대하려고 미소 짓는 모습을 보았지만 아무것도 느낄 수 없었다. 자기도 좀 더 상냥하게 굴어야겠다는 생각조차 할 수 없었다. 신경은 온통 오늘 밤 자정의 그 약속에 쏠려 있었다. 그걸 생각하면 가슴이 답답해졌고 기운이 쏙 빠졌다. 이렇게 앉아 얘기할 마음의 여유가 없었다. 혼자 생각할 시간이 필요했다. 주머니에 손을 넣으니 아까 스킨 패거리가 못 보는 사이, 나무밑동에서 주워 넣은 담배꽁초가 만져졌다.

"안 먹을 거니?"

그는 주머니에서 손을 빼고 나이프와 포크를 들어 구운 감자를 절반으로 갈랐다.

"버터 줄까?"

"……응."

루크는 잠시 멈추었다가 말했다.

"주세요."

엄마가 버터를 건네주었다. 루크는 감자 속에 버터를 발라 먹기 시작했다.

"샐러드 줄까?"

엄마가 샐러드 접시를 내밀며 물었다.

그는 심드렁하게 접시를 받았다. 이게 지금 그가 표현할 수 있는 최선이었다. 샐러드는 생각보다 훨씬 맛있었다. 그는 자기가 얼마나 배고팠는지, 얼마나 피곤했는지 모르고 있었다. 지난밤에 잠을 잘 못 잤기 때문에 지금은 그저 잠만 자고 싶었다. 하지만 몸 상태는 몸 상태고, 앞으로 닥칠 일 때문에 걱정이 앞섰다. 도무지 답이 떠오르지 않았다. 스킨과 다즈를 그랜지에 들인다면 리틀 부인과 소녀의 반응은 끔찍하리라. 하지만 그랜지에 가지 않는다면 자신이 직면할 결과가 끔찍할 터였다. 스킨을 친구로 만드는 건 상당히 위험한 일이었지만 그를 적으로 만드는 것은 치명적이었다. 엄마가 조용히 입을 열었다.

"뭘 마신 거니?"

"응?"

"들었을 테지만 다시 물을게. 뭘 마셨냐고."

"말다툼하기 싫어."

"그건 나도 마찬가지야. 그래 뭘 마셨니? 위스키 냄새 같은데."

"맞아."

"어디서 났어? 설마…… 스키너 씨 술은 아니겠지."

"그 아저씨는 술 가져온 거 몰라."

"그렇겠지. 술에 절어서 뭔들 잘 알겠니. 얼마나 마셨는데?"

"거의 안 마셨어. 한 모금 정도. 난 위스키 별로 안 좋아해."

엄마가 몸을 앞으로 숙였다. 이제 쏟아지는 잔소리를 피할 수 없을 거라 생각했지만 예상과는 다른 말이 들려왔다.

"루크, 오늘 오후에 나한테 전화했었니?"

"아니."

"그럼 네 친구 중에 누가 전화하지 않았을까?"

"그걸 내가 어떻게 알아?"

"내 말은…… 너희 중에 한가한 애가 있나 해서."

"그게 무슨 말이야? 무슨 일 있었어?"

엄마가 어깨를 으쓱하며 말했다.

"그게…… 별건 아니고. 말 없는 전활 받았거든."

"말 없는 전화?"

"그래. 전화를 받으면 저쪽에서 아무 말도 안 해. 누구냐고 물어도 대답도 없고."

"그리고?"

"가만히 있다가 저쪽에서 끊어버려."

"오늘 오후에 그랬다고?"

"그래. 네가 나갔을 때 두 번……. 네가 어디 있었는지는 모르겠지만."

"몇 시에 그랬는데?"

"첫 번째 전화는 네 시 반경에 왔고 두 번째 전화는 십오 분 정도 더 지난 후에 왔어."

"전화기를 얼마나 붙들고 있다가 끊었는데?"

"아주 잠깐이었어. 그냥 장난전화 같은 건 아니었어. 내 생각에는 누군가 너한테 전화를 했는데 내가 받으니까 그냥 끊은 것 같거든. 그런데 좀 이상해. 네 친구였다면 널 바꿔달라고 했을 텐데. 그 패거리였다면 또 모를까. 그 녀석들은 내가 자기들을 몹시 싫어한다는 걸 알 테니까."

루크는 잠시 말없이 음식을 먹으며 골똘히 생각했다. 스킨과 다즈한테는 휴대전화가 있지만 그 시간에 그들은 자기와 함께 있었다. 그들이 전화했을 리 없다.

"나도 모르겠는데."

그러다 문득 어떤 생각이 머리에 스쳤다.

"혹시 길모어 아저씨 아니야?"

엄마는 언짢은 표정을 지었다.

"그래, 다시 길모어라고 부르는구나. 지난번에는 로저 아저씨 라고 하더니. 조금은 가까워진 거라고 생각했는데."

그는 잠자코 있었다. 엄마는 아들을 잠시 바라보다가 말했다.

"로저 씨는 아닐 거야. 그 사람이 전화해서 왜 아무 말도 안 하겠니?"

"은밀하게 엄마를 겁주려는 변태일지도 모르잖아."

"바보 같은 소리 마."

그때 갑자기 전화벨이 울렸고 두 사람의 시선이 마주쳤다.

"이건 그 아저씨 전화일 거야."

엄마가 자리에서 일어나 전화기를 집어 들었다.

"여보세요?"

엄마의 목소리는 날카로웠다. 하지만 곧바로 그에게서 돌아서 더니 그가 최근에 그토록 자주 들었던 부드러운 목소리로 말했다.

"네, 안녕하세요?"

루크는 눈살을 찌푸렸다. 호랑이도 제 말 하면 온다더니. 그는 엄마가 전화기를 거실로 가져가 거실 문을 닫는 걸 지켜봤다. 그 잘난 로저 길모어 씨로군. 다시 포크를 들었지만 식욕은 이미 사라져버렸다. 거실에서 엄마의 희미한 목소리가 들렸지만 무슨 말인지 알아들을 수는 없었다. 아무래도 상관없다고 생각했다. 애칭을 불러가면서 끈적끈적하고 유치한 얘기를 나누겠지. 그가 밖에 나가 있는 동안에도 달콤한 얘기를 수없이 나누었을 것이다.

루크는 음식이 반쯤 남은 접시를 한쪽으로 치우고, 피아노 옆 벽난로 선반 위에 놓인 아빠 사진을 쳐다봤다. 한국에서 열린 연주회에서 박수갈채를 받는 사진이었다. 사진 속 아빠는 아주 젊어 보였다. 마흔두 살이었을 때니 실제로 젊은 나이였다. 살날이 얼마 안 남은 사람으로는 전혀 안 보였다. 그로부터 열한 달 후에 돌아가셨다는 게 믿기지 않았다. 저녁 햇살이 은색 액자테두리를 비췄다. 슬슬 자리에서 일어나 선반 쪽으로 걸어가 아빠 얼굴을 뚫어지게 쳐다봤다. 그리고 창가로 발걸음을 옮긴 순간, 루크의 몸이 뻣뻣하게 굳어버렸다.

리틀 부인이 길 위에 서서 루크가 있는 쪽을 쳐다보는 게 아닌가. 루크는 부인과 눈이 마주치자 몸을 떨었다. 저기서 뭐하는 거지? 부인은 좀처럼 그랜지를 떠나지 않는 사람이었다. 그리고 이제껏 이 근처에서 부인을 본 적도 없었다. 그런데 부인이 창문을 통해 그를 쳐다보고 있는 것이다. 부인이 살짝 고개를 움직였다. 미세한 움직임이었지만 그게 집 앞으로 나오라는 고갯짓이라는 걸 알 수 있었다. 그는 다시 몸을 떨었다. 원하는 게 뭘까? 자기 집에 몰래 들어갔다는 사실을 엄마에게 알린다고 협박하는 건 아닐까? 그는 거실 문 쪽을 바라봤다. 문은 굳게 닫혀 있었고 엄마는 아직 통화중이었다. 엄마의 웅얼거리는 목소리가 들려왔다. 그는 뒷문으로 잽싸게 달려가 최대한 조용하게 집을 빠져나갔다. 부인은 절뚝거리면서 그에게 다가와 대뜸 이렇게 말했다.

"그랜지로 좀 와줘. 내 손녀한테 네가 도움을 좀 줘야겠다."

"그럴 수 없어요. 그러겠다는 약속을 한 적도 없고요."

루크는 혹시 거실 창문으로 엄마가 자신을 볼까 봐 불안해하며 집을 돌아봤다. 리틀 부인이 다시 말했다.

"너희 엄마는 우릴 못 봤어."

"뭐라고요?"

그가 부인 쪽으로 다시 시선을 돌리며 물었다.

"네 엄마 말이야. 우릴 못 봤다고. 거실에서 전화기를 들고 통화하고 있다. 여기서는 거실 창문 안이 보여. 뒤뜰 쪽을 향해 의자를 돌려놓고 앉아 있어. 혹시 돌아보면 지나가는 사람처럼 길을 걸어갈 테니 걱정하지 마라. 그러면 우리 둘이 얘기하고 있었던 걸 모를 거니까."

부인이 몸을 가까이 숙이더니 절박한 목소리로 말했다.

"오늘 오후에 두 번 전화했어. 번호는 전화번호부에서 알아냈고. 네가 받았으면 했는데 네 엄마가 받아서 그냥 끊어버렸다."

리틀 부인의 가느다란 눈이 어찌나 매서운지 마치 칼 두 개를 들이미는 것처럼 느껴졌다.

"넌 와야 해. 반드시 와야 한다고. 내 손녀한테는 네가 필요하다. 네가 도울 수 있어. 정말로 도울 수 있다고. 누구한테도 얘기만 안 하면 돼. 비밀로 해야 하거든. 그래서 네 엄마한테도 말하지 않은 거야."

부인이 몸을 더 가까이 숙였다.

"나를 위해서가 아니라 내 손녀를 위해 도와주렴."

"하지만……."

리틀 부인이 광장 쪽을 올려다보며 조급한 듯 말했다.

"부탁이다. 그 애를 실망시키지 말아줘. 난 지금 가봐야 해. 그 애를 혼자 놔두고 왔어. 이건 매우 위험한 일이야."

"하지만……."

"여기서 꾸물거릴 틈이 없어. 내가 없으면 그 애가 얼마나 무서워하는지 넌 몰라. 돌아다니거나 혹시 계단에서 넘어지거나 해서 끔찍한 사고를 당할 수도 있어. 그래서 혼자 둘 때면 그 애를 방에 가둬둘 수밖에 없어. 하지만 그렇게 하면 굉장히 괴로워하지. 나중에 그 애를 진정시키려면 몇 시간은 족히 걸려. 제발 그 랜지로 와줘. 가능한 한 빨리."

루크는 주먹을 꽉 쥐었다.

"저기…… 전 못해요. 무슨 일인지 모르겠지만 그 애를 도울 수 있는 사람은 따로 있을 거예요. 그러니까 그 애가 아픈 거라면, 그 분야의 전문가가 있겠죠. 그 애 같은 아이들을 전문으로 다루는 사람 말예요. 난 아무것도 할 수 없어요. 제 말은…… 전 열네 살밖에 안 됐고 지금은 여러 가지 일이 꼬여서 복잡해요. 할머니를 포함해서 말이에요."

그는 스킨 패거리와 그들이 세운 오늘 밤 계획을 생각했다. 그리고 리틀 부인의 눈에서 희망이 사라지는 것을 보았다. 부인은 루크를 빤히 바라보다 아무 말 없이 몸을 돌려 광장 쪽으로 발을 끌며 걸어갔다.

"미안해요."

부인 뒤에 대고 그가 소리쳤다. 하지만 부인은 대답도 하지 않았고 뒤를 돌아보지도 않았다. 늦은 오후 햇살이 부인의 헝클어진 머리카락과 구부정한 어깨 위로 쏟아졌다. 부인은 뒷모습조차 못생겼다. 그렇지만 더는 무서워 보이지 않았다. 그저 슬프고 늙고 아파 보였다. 그가 다시 소리쳤다.

"미안해요. 정말 미안해요."

리틀 부인은 굽이진 길을 휘청휘청 걷다가 시야에서 곧 사라졌다. 부인의 뒷모습을 바라보며 루크는 죄책감을 느꼈다. 또 한편으로는 그런 감정을 느끼게 한 부인에게도 화가 났다.

리틀 부인은 무슨 생각인 걸까? 루크가 소녀를 어떻게 도와줄 수 있는지 말해주지도 않으면서 무조건 그랜지로 와달라고 하다니. 루크는 다시 슬그머니 집으로 들어갔다. 부엌에 가보니 거실 문은 여전히 잠겨 있었고 마치 아무 일도 없었다는 듯 엄마의 낮은 목소리가 들려왔다.

자정이 되기 삼십 분 전, 베개 밑에서 자명종이 울렸다. 손을 더듬어 자명종을 찾아내 스위치를 끈 다음 다시 드러누워 귀를 기울였다. 엄마 방에선 아무 소리도 들리지 않았다. 침대에서 빠져나와 최대한 조용히 방 문을 열고 슬그머니 계단참으로 갔다. 엄마 방 문은 조금 열려 있었고 열린 틈 사이로 곤히 자는 엄마의 모습이 보였다. 집 밖으로 나간다 해도 그 소리를 못 들을 것 같았다.

하지만 까치발로 자기 방에 돌아가면서 그는 자신이 약속에 나가지 않으리라는 사실을 직감했다. 불필요한 일이었다. 스킨과 다즈를 그랜지 안에 들어가게 할 수는 없었다. 그 소녀에게, 혹은 리틀 부인에게 안 좋은 일이 발생하면 절대 자신을 용서하지 못할 것 같았다. 내일 무엇을 할지, 그 녀석들을 어떻게 대면할지는 스스로도 알 수 없었다. 그가 아는 것이라고는 오직 오늘 밤이 지나면 위험에 처할 거라는 분명한 사실뿐이었다.

루크는 방 문을 닫고 침대에 앉았다. 불은 켜고 싶지 않았다.

침대 옆 탁자에 놓인 시계를 보니 열두 시 이십오 분 전이었다. 다른 녀석들은 지금쯤 출발했겠지. 캄캄한 밤길을 걸어 자정이 되기 전부터 자신을 기다리리라. 그리고 자정이 되면 그가 과연 올까 의심을 할 테고 십 분이 넘으면 실컷 욕을 퍼붓겠지. 그리고 삼십 분이 지나면 루크와 그들은 적이 될 것이다.

침대에 다시 누워 천장을 물끄러미 바라봤다. 커튼 사이로 들어온 달빛을 받아 천장 표면이 희뿌연 빛을 냈다. 그는 눈을 감았다. 그러자 감은 두 눈 속에서 이전에 나타났던 진한 푸른빛이 떠올랐고 뒤이어 가장자리에 금빛 얼룩이 보였다. 얼룩은 천천히 원을 그렸고 그 가운데에 새로운 무언가가 보였다. 하얀색 작은 반점이다. 이전에 들었던 여러 가지 소리가 다시 그의 내부로 쏟아져 들어오는 것 같았다. 종 소리, 플루트 소리, 하프 소리, 윙윙거리는 소리, 세찬 물 소리가 기묘하고 절묘한 조화를 이루었다. 그러다 이 다양한 소리들이 어쩐지 하나로 합쳐지는 느낌이 들었다. 모든 것을 압도하는 듯한 깊은 바다의 파도 소리로. 그는 금빛 원 안쪽에 보이는 중앙의 흰 점을 응시했다. 그러다 마침내 그 반점이 무엇인지 알게 되었다.

바로 오각별이었다.

루크의 몸이 떨렸다. 그리고 몸 속 어딘가가 진동하는 것을 느꼈다. 그 다음 순간 그 부분이 이마를 통해 몸 밖으로 나와 별 방향으로 이끌려가는 것 같았다. 별은 이제 점점 커져서 루크 앞에 모습을 완전히 드러냈다. 귓가에 맴돌던 파도 소리도 점점 커지더니 마침내 그 소리에 파묻힐 것 같은 기분이 들었다.

공포에 휩싸여 눈을 번쩍 뜨니 아까와 다를 바 없이 침대 위였다. 방안은 고요했고 모든 소리와 영상은 사라져버렸다. 하지만 몸은 여전히 떨렸다. 아빠를 생각하며 마음을 진정하려고 애쓰자 그 묘한 미완성 선율이 귓가에 들려왔다. 그 선율에 어울리는 완벽한 화음까지 들려오는 가운데 그는 선율을 따라 조금씩 흥얼거렸고, 그러다가 아슴아슴 선잠에 빠져들었다.

흠칫 깨보니 몸을 오른쪽으로 돌린 채 깃털이불을 꼭 껴안고 옹송그리고 있었다. 루크는 혼란과 두려움을 느끼며 일어나 앉아 두 눈을 비볐다. 시계를 보니 새벽 한 시 반이다. 달빛이 커튼 틈으로 새어 들어왔다. 커튼을 완전히 치려고 자리에서 일어났는데 또 다른 빛이 커튼 사이로 들어오는 게 보였다. 그건 자연의 빛이 아니라 횃불이었다. 루크는 횃불의 주인이 누군지 알 것 같았다. 커튼 뒤에 숨어서 곁눈질로 바깥을 바라봤다. 하지만 곧 몸을 숨기고 엿보는 대신 심호흡을 하고 커튼을 양쪽으로 활짝 젖혀 자신의 모습을 드러냈다. 그게 자신감인지 무모함인지는 스스로도 알 수 없었다. 아까 리틀 부인이 서 있던 곳에서 횃불이 맹렬히 일렁이다가 이내 사라졌다. 그러자 달빛 아래 서 있는 스킨의 모습이 보였다. 다른 두 녀석도 말없이 경멸하듯 루크를 쳐다보고 있었다.

15

여섯 시 반. 자명종이 시끄럽게 울렸다. 루크는 새로 시작되는 하루도 스위치 하나로 꺼버릴 수 있기를 간절히 바라며 스위치를 눌렀다. 어지러운 데다 몸이 무거웠고 앞으로 일어날 일이 두려웠다. 그리고 하루를 이렇게 일찍 시작해야 한다는 것에 화가 치밀었다. 하지만 계획한 일을 하려면 일찍 일어나야 했다. 샤워하고 머리를 감고 싶은 생각이 간절했다. 그렇지만 침대에서 기어 나와 커튼을 젖히고 길 쪽부터 확인했다. 인기척은 전혀 느껴지지 않았다. 지난밤에 스킨이 해코지한 흔적도 없었다. 농장 들판에는 눈처럼 흰 안개가 깔려 있었지만 구름 사이로 햇빛이 드러나고 있었다. 또다시 뜨거운 하루가 시작될 분위기였다.

루크는 스스로에게 다짐하듯 말했다.

'중요한 일부터 하자. 결심했으니까 그 결심을 실행하자.'

그러고는 문으로 달려가 귀를 기울였다. 엄마는 앞으로 삼십 분은 일어나지 않을 것이다. 해야 할 일을 할 시간은 충분했다. 슬그머니 계단참으로 가서 잽싸게 서재로 올라갔다. 그런데 실망스럽게도 이미 엄마가 거기 있었다. 가운을 입고 컴퓨터 앞에. 엄마가 몸을 돌려 그에게 미소 지었다.

"잘 잤니?"

"으응, 안녕히 주무셨어요?"

그는 어떻게 해야 할지 몰라 엄마를 물끄러미 쳐다봤다. 엄마는 다시 컴퓨터 화면을 보며 자판을 두드렸다.

"뭐 좀 확인할 게 있어서."

"뭔데?"

"베리트 씨가 보낸 이메일. 번역에 관한 거야."

"으응, 그렇구나."

"베리트 씨가 뭘 물어봤는데 답변을 좀 빨리 해달라고 해서. 답장하는 데는 1분도 안 걸릴 거야."

"금방 온 거야?"

"어디보자…… 노르웨이 시간으로 오늘 새벽 세 시 반에 보냈네. 어쩔 땐 이 사람이 과연 잠은 자는지 궁금하다니까."

엄마는 말을 하면서도 자판을 계속 두드렸다. 루크는 잠자코 엄마가 최대한 빨리 답장을 써서 보내기만을 간절히 바랐다.

"자, 이제 다 됐다. 메일이 전송될 동안만 기다리면 돼."

두 사람은 이메일이 전송되는 것을 가만히 지켜봤다. 전송이 완료되자 엄마는 의자에 몸을 깊숙이 기대고 그를 살폈다.

"일찍 일어났네."

"엄마도."

"생각할 게 좀 많아서. 이런저런 생각에 마음을 못 잡겠어. 베리트 씨처럼 나도 좀 상태가 심각한 것 같네. 마실 것 좀 줄까?"

"응."

엄마는 루크에게 입을 맞추고 천천히 계단을 내려갔다. 그는 엄마가 부엌으로 들어가는 소리를 듣고서야 컴퓨터 앞에 앉아 메일 프로그램을 실행했다. 자기 이메일 주소가 이니셜이 아니라 성과 숫자 몇 가지로 만든 조합이라는 게 얼마나 다행인지 몰랐다. 지난해 이메일 주소를 만들 때 이런 일이 발생할 거라는 사실을 예감했던 모양이다. 물론 신뢰성을 더 주기 위해서는 엄마의 메일주소를 이용하는 게 최선이겠지만 그건 너무 위험했다. 엄마가 답장을 받을 수도 있기 때문이다. 그는 '새 편지'를 클릭한 다음 엄마의 메일폴더를 열어 셜 선생님이 엄마에게 보낸 메일을 찾기 시작했다. 석 달 전에 보낸 그 메일은 다른 메일과 함께 폴더 안에 있었다. 전에도 봤지만 그는 앞부분을 다시 훑어봤다.

스탠턴 부인께

루크가 학교에서 또다시 불미스러운 일을 저질렀다는 사실을 알려드리게 되어 유감입니다. 루크는 선생님 한 분에게 매우 무례하게 행동했습니다. 이 사건과 관련된 선생님은 도슨 선생님으로……

어쩌고저쩌고……. 루크는 중간을 건너뛰고 맨 밑으로 내려갔다. 거기 그가 원하는 것이 있었다. 바로 셜 선생의 이메일 주소. 그는 그걸 수신인 주소란에 입력하다가 멈칫했다. 이건 완전히 잘못된 방법이었다. 이메일을 셜 선생이 아니라 교무주임한테 보내야 한다. 셜 선생은 눈치가 워낙 빨라서 의심을 품을 수 있다. 대신 제이 선생은 오늘이 무슨 요일인지도 잘 모르고 지내기 일쑤였고 이런저런 일을 처리하느라고 몹시 시달렸다. 수신 메일주소를 죽 훑어보니 교무실 이메일 주소도 있었다. 그는 재빨리 주소를 입력하고 메일폴더를 닫았다. 이제 제목 칸을 채울 차례다. 그는 잠시 생각하다가 자판을 두드렸다.

루크 스탠턴, 결석합니다.

이제 내용을 써야 했다. 만만치 않은 일이다. 길게 쓸 필요는 없지만 오타 없이 적절하게 써야 한다. 그는 골똘히 생각을 하면서 엄마가 있는 아래층 부엌에서 나는 소리에 귀를 기울였다. 화면을 응시하던 그가 자판을 치기 시작했다.

제이 선생님께
루크가 심한 감기에 걸려서 오늘은 집에서 쉬게 하겠습니다.

루크의 손이 잠깐 공중에서 멈췄다. '안녕히 계십시오'로 해야 하나, '안녕히 계세요'로 해야 하나? 셜 선생님이 엄마에게 보낸 편지에는 뭐라고 돼 있었지? 그는 메일폴더를 다시 열어보고 싶었지만 그때 아래층 마루에서 발자국 소리가 들려왔다. 컴퓨터 화면을 뚫어져라 쳐다보며 생각했다. 안녕히…… 안녕히…… 안녕히……. 발자국 소리가 계단에서 들려왔다. 그는 미친 듯이 자판을 두드렸다.

좋은 일 가득하시길 바랍니다.
루크 엄마 드림

여기까지 쓴 후 '보내기'를 눌렀다. 엄마가 서재에 들어온 순간 메일은 '보낼 편지함'으로 사라졌다.
"이메일 확인하니?"
엄마가 물었다.

217

"응."

"여기 차 받으렴."

"고마워요."

루크는 찻잔을 받아서 책상 위에 올려놓았다.

"난 가서 샤워하고 머리 좀 감을게."

"샤워하고 온수 끄지 말아줘. 나도 샤워하고 싶어."

"그래. 알았어."

엄마가 방을 다시 나갔다. 루크는 샤워 소리가 들릴 때까지 기다렸다가 화면을 보고 이메일을 전송했고 수신된 메일이 있는지 확인했다. 오늘 새벽 두 시에 온 메일이 하나 있었다. 보낸 사람 이름은 없었지만 누군지 알 것 같았다.

넌 죽었어.

등골이 오싹해졌다. 예상은 했지만 직접 눈앞에서 보고 있으려니 몸이 계속 떨렸다. 이제 루크가 위험에 처했다는 사실은 의심의 여지가 없었다. 할 수 있을 때까지 피할 테지만 녀석들은 조만간 그를 붙잡을 것이다. 더욱이 혼자 있을 때 붙잡히면 어떤 짓을 당할지 아무도 모르는 일이다. 그는 엄마와 셜 선생을 떠올리며 두 사람에게 말을 해야 하는 게 아닌지 생각했다.

하지만 그럴 수 없는 없었다. 이건 스스로 싸워야 할 문제였다. 다른 사람이 뭘 어떻게 해줄 수 있겠는가? 스킨 패거리와 실컷 어울려 다닐 때는 언제고, 녀석들과 사이가 틀어졌다고 해서 루크를 동정할 사람은 아무도 없다. 그리고 그들은 아직 루크에게 어떤 짓도 하지 않았다. 협박 메일은 학교가 어떤 조치를 취할 거리가 못 된다. 분명히 셜 선생도 그렇게 생각할 것이다. 그리고 엄마는…….

루크가 샤워 소리에 귀를 기울이는데 놀랍게도 엄마가 콧노래를 부르는 소리가 들려왔다. 그는 기뻐해야 할지 화를 내야 할지 모르는 채 얼굴을 찡그렸다. 아빠가 돌아가신 후 그동안 엄마의 콧노래 소리는 들을 수 없었다. 그런데 지금 아빠가 엄마를 위해 자주 연주했던 곡, 그리그의 〈그대를 사랑해I Love Thee〉를 흥얼거리는 소리를 들으니 심기가 불편해졌다. 엄마는 그에게는 들리지 않게 아주 조용히 콧노래를 불렀다. 하지만 그는 너무도 또렷하게 들을 수 있었다. 누굴 생각하면서 저 곡조를 흥얼거리는 걸까? 분명히 로저 길모어 씨겠지.

루크는 얼굴을 찌푸리며 차를 마시고 자기 방으로 돌아가 교복을 입고 아래층으로 내려갔다. 엄마가 샤워를 마치고 위층을 돌아다니는 소리가 들렸다. 루크는 음악실에 들어가 선반에서 잿빛이 도는 녹색 표지를 찾아냈다. 그는 그 표지를 또렷이 기억했다. 악보를 꺼내 제목을 훑어봤다.

〈그대를 사랑해〉

에드바르드 그리그 (1843-1907)

루크는 피아노 앞에 악보를 세워놓고 연주를 시작했다. 그와 거의 동시에 계단에서 발자국 소리가 들리더니 잠시 후 엄마가 문 앞에 나타났다. 가운을 입고 머리에 수건을 두른 엄마는 아름답고 행복해 보였다. 마음이 복잡해서 잠을 못 이루는 사람의 모습이 전혀 아니었다. 그는 연주를 멈췄다.

"그만두지 마. 부탁이야. 조금만 더 쳐보렴."

그는 연주를 다시 시작했다.

"내가 아까 흥얼거린 키는 틀렸구나. 이것과 다른 키였거든."

루크는 엄마가 흥얼거렸던 키로 조옮김을 해서 연주했다. 곁눈질로 보니 엄마가 머리를 흔들었다.

"정말 대단해. 이렇게 할 수 있는 사람은 별로 없단다. 알고 있니? 낱장 악보를 딱 한 번 보고 다른 키로 연주할 수 있는 사람 말이야."

"아빠도 그렇게 했잖아."

"그렇지."

그는 연주를 멈췄다. 아빠 생각 때문에 마음이 다시 무겁게 짓눌렸다. 엄마가 말했다.

"넌 훌륭해."

"난 별로 그렇게 생각하지 않아."

"훌륭하다니까. 내 말을 믿으렴."

엄마가 루크의 이마에 입을 맞추었다.

"교복을 입고 있을 줄은 몰랐네. 샤워한다고 했었잖아."

"저녁에 할게."

"하고 싶으면 지금 해. 시간도 충분하고 물도 많이 받아놨으니 괜찮아."

루크는 눈을 내리떴다.

"아냐. 그렇게까지 하고 싶은 건 아니에요."

"그래."

엄마는 말을 잠시 멈췄다.

"루크?"

그가 엄마를 쳐다보며 대답했다.

"응?"

"오늘 저녁에는 상황이 더 좋아질 거야."

"그게 무슨 말이야?"

"더 좋아질 거라고, 모든 게. 알겠지? 내 말을 믿어."

엄마는 미소를 짓고 다시 한번 그에게 입을 맞추었다.

"아침 준비할게."

스킨 패거리의 기척은 느껴지지 않았지만 그렇다고 안심할 일은 아니었다. 통학 버스 안에서 루크를 기다리고 있을지도 모르는 일이었다. 그러면 그때부터 응징이 시작될 것이다. 주변에 사람들이 있을 테니까 우선 말로 시작하겠지. 어쩌면 아무 말도 안 하고 노려보기만 할지도 모른다. 하지만 일단 버스에서 내리면 그때부터 심한 말을 내뱉기 시작할 것이다. 루크는 오늘 스킨 패거리가 자신에게 아무 짓도 할 수 없게 만들겠다고 다짐했다.

루크는 교회 묘지 입구 안, 오래된 돌담 뒤에 숨어서 기다렸다. 이 장소에 있으면, 특히 저쪽 구석에 자리한 아빠의 묘지를 보고 있으면 왠지 마음이 놓였다. 광장에서 통학 버스의 엔진시동이 걸리는 소리가 들렸다. 시계를 봤다. 여덟 시 십 분이다. 버스는 지금쯤 출발해야 맞았다. 아마 운전기사는 루크가 나오지 않았다는 사실을 알아차렸을 것이다. 루크는 스킨 일당이 자기가 그들을 피하고 있다는 사실을 알아차린 후 서로 눈짓을 주고받는 광경을 상상했다. 미란다도 자기를 기다릴까, 갑자기 궁금했다.

마침내 엔진 음이 바뀌었다. 버스가 드디어 출발했다. 버스가 털털거리면서 광장과 상점을 지나 길을 따라 내려가는 소리가 들렸다. 주변을 휘 둘러봤다. 이제 정말로 어려운 일이 남았다. 남들의 눈에 띄지 않고 원하는 곳으로 가야 했다. 특히 아이들이 엄마의 손을 잡고 초등학교를 향해 걸어가는 광장과 의심에 찬 작은 눈으로 상점 밖을 내다보는 그러브 양을 피해야 했다. 루크는 묘지를 가로질러 가다가 아빠 묘지 앞에서 잠시 멈추었다. 그리고 저쪽 맨 끝에 있는 문 밖으로 살짝 나가 마을회관으로 연결되는 길을 걷기 시작했다. 들판을 지나 로저 길모어 씨 집 앞길에 이르렀다. 거기까지 가는 동안에는 아무도 만나지 않았다. 그리고 꽤 빨리 도착했다. 그는 스토니힐코티지를 훑어봤다. 이 목조 단층집의 커튼은 내려져 있었지만 작업장 문은 열려 있었다. 작업장 안에서 나무를 끌로 가볍게 두드리는 듯한 소리가 새어나왔다.

루크는 울타리를 넘어 열린 문을 주시하면서 살금살금 걸었고 다행히 그때까지 아무도 나타나지 않았다. 가볍게 두드리는 끌소리만 계속 들렸다. 잠시 후 그는 넛부시 길과의 교차점으로 뛰어올라갔다. 교차점에 이르자 걸음을 멈추고 숨을 고른 다음 운동장 바로 너머, 찬란한 초록색을 뿜어대는 버클랜드 숲에 시선을 고정했다. 숲으로 가고 싶은 마음이 간절했지만 이번 목적지는 그곳이 아니다. 그는 넛부시 길로 돌아서서 멈추지 않고 달렸다. 그랜지에 도착할 때까지.

16

리틀 부인은 루크를 보고도 기뻐하거나 고마워하는 기색을 보이지 않았다. 현관문 밖에 서 있는 그를 무례하다는 듯 눈을 가늘게 뜨고 응시만 할 뿐 안으로 들일 생각도 하지 않았다.

"오지 않기로 마음먹은 줄 알았다."

마침내 부인이 싸늘하고 딱딱한 목소리로 입을 뗐다. 그리고 루크의 대답을 기다리지도 않고 단조로운 어투로 말을 이었다.

"통학버스는 타지 않을 생각이었니?"

"네."

두 사람은 말없이 서로를 쳐다봤다. 그때 숲 쪽에서 적막한 공기를 꿰뚫는 꿩의 거친 울음소리가 들려왔다. 부인은 눈살을 찌푸렸다.

"그래, 네가 여기 온 걸 아는 사람은 없고?"

"없어요."

"그 패거리들은?"

부인의 눈이 그 녀석들을 찾아낼 것처럼 희번덕였다.

"녀석들도 무단결석했냐?"

"그 애들은 이 일에 대해 전혀 몰라요."

"네 엄마는?"

"제가 학교에 가는 중이라고 생각하실 거예요."

"네가 학교에 나타나지 않으면 어떻게 되지?"

"그건 따로 해결책을 마련해놨으니 걱정 안 하셔도 돼요. 여기 온 건 아무도 몰라요. 알아낼 사람도 없고요."

"그래야 할 텐데. 나는 사람들이 찾아와서 이것저것 물어보는 건 딱 질색이다. 만약 그런 일이 생겨도 나는 널 못 봤다고 말할 거고."

루크는 어깨를 으쓱이며 태연한 척하려고 했다. 하지만 이런 푸대접이나 받으려고 여기 온 건 아니었다. 그런데 순간 부인의 냉담한 표정이 사라지더니 온화한 미소가 떠올랐다. 그가 생각하기에 그건 부인이 지을 수 있는 가장 부드러운 표정이었다. 그런 표정을 눈앞에서 보자 적잖이 놀랐다. 부인은 아주 잠깐 동안 입매를 살짝 추켜올렸다가 바로 엄한 표정으로 돌아갔지만 그 미소는 루크가 부인에게서 본 유일한 미소였다. 그는 그 미소에 어떤 의미가 담겨 있다고 느꼈다.

"네가 와서 기쁘구나. 이리 들어오렴."

부인의 목소리는 조금 부드러워졌지만 그 부드러움은 오래가지 않았다. 거실로 그를 데려가면서 부인의 어투는 다시 딱딱해졌고 두 사람 사이에는 다시 거리감이 생겼다.

"우선적으로 알아둬야 할 사항이 몇 가지 있다."

부인은 거실에 들어가자 가장 가까이 있는 안락의자를 고갯짓으로 가리키고 문을 닫았다. 그는 소녀가 어디 있을까 궁금해하면서 자리에 앉았다. 소녀의 기척은 느껴지지 않았고 목소리도 들리지 않았다. 바로 눈앞에 보이는 벽에는 여러 가지 빛깔을 내는 큰 별 사진이 걸려 있었다. 그 밑 선반에는 기묘하고 생소해보이는 작은 조각상이 빼곡했다. 별 사진은 햇빛을 받아 밝게 빛났고 그 밑에 있는 약간 괴기스러운 조각상들과 대조를 이루어 더욱 아름다워 보였다. 리틀 부인은 그가 응시하는 방향으로 시선을 돌렸다.

"저 조각상들은 인도에서 사왔다. 대부분 힌두신과 신성한 존재를 형상화한 조각이지. 나는 저런 게 좋더구나. 내가 안전하다고 느끼게 해주거든. 자, 이제 호기심이 충족되었으면 아까 하던 얘길 계속하마. 이제 내 얘기 좀 들을래?"

"뭐라고요?"

"'뭐라고요'라고 하지 마!"

부인이 날카롭게 말했다.

루크가 재빨리 몸을 돌려 바라보니 부인이 자신을 경멸하듯 쳐다보고 있었다.

"좀 공손하게 말할 순 없는 게냐?"

부인의 말에 루크는 못마땅한 표정을 지었다. 엄마야 엄마니까 예의 없는 아이의 행동을 꾸짖을 수 있지만 도대체 이 할머니는 자기가 누구라고 생각하는 건지 루크는 의아했다. 부인은 잠시 그를 싸늘하게 쳐다보다가 아까처럼 도도한 목소리로 말했다.

"앞으로도 함께 있으려면 나한테 공손하게 말해야 한다."

"누가 함께 있겠다고 했는데요?"

"네가 여기 왔잖아. 안 그러냐?"

"그렇다고 해서 앞으로도 계속 여기에 오겠다는 건 아니에요. 더욱이 우리는 공통점도 별로 없잖아요?"

"넌 나를 보려고 온 게 아니잖니. 내가 그런 걸 원했다고 생각하니?"

리틀 부인은 경멸감을 역력히 드러내며 그를 잠시 응시했다.

"난 널 보고 싶지 않다. 아무도 보고 싶지 않다고. 그리고 또 어떤 사람도 날 보고 싶어한다고 생각하지 않는다."

눈앞에 보이는 못생긴 얼굴에 자기연민이 서려 있는지 유심히 살폈지만 그런 건 없었다. 부인의 표정은 매몰차고 거만하게만 보였다. 하지만 이 부인에게는 반드시 옆에 있어줘야 하는 손녀가 있다. 그런데 손녀가 있다는 건 손녀의 부모와 할아버지도 존재했거나 존재한다는 뜻이다. 누군가 한때 이 여인을 사랑했을 테고 어쩌면 누군가는 노인이 된 엄마를 여전히 사랑하고 있을지도 모른다.

부인은 여전히 거만하고 완고한 목소리로 말을 이었다.

"내가 보기에는 너도 날 보기 싫어하는 것 같은데, 나 역시 너를 보고 싶은 마음은 없다. 난 널 그다지 좋아하지도, 신뢰하지도 않아."

"동감이에요."

"그런데……."

부인이 잠시 그를 살폈다.

"그 무례한 겉모습 안에 그와는 상당히 다른 사람이 느껴져. 네가 드러내려고 애쓰는 반항적인 모습과는 거리가 먼. 그래서 너한테 모험을 해보려고 하는 게다. 넌 나한테 빚진 것도 있잖아. 기억해라, 넌 내 집에 무단침입을 했어. 이것만은 명확히 해둬야겠구나. 만일 네가 내 손녀를 돕는 데 실패하면 난 주저 없이 경찰에 연락하고 네 엄마와 온 마을 사람들에게 내가 본 걸 알릴게다."

루크는 눈길을 돌렸다. 부인이 그에게 어떤 영향력을 행사하고 있다는 건 분명했다. 그가 그랜지에 침입했다는 사실을 증명할 수는 없겠지만 지난번에 부엌에서 부인이 말한 것처럼 그의 말은 이 마을에서 이제 별로 신뢰를 얻지 못한다. 2년 전이었다면 상황이 달랐겠지만. 하긴 그의 말에 신뢰가 있던 그 시절엔 그가 굳이 변명해야 할 일도 없었다. 그때는 스킨과 가까이 지내지도 않았고 그랜지에 침입하지도 않았으며, 이 끔찍한 노파와 만나지도 않았으니. 루크는 눈살을 찌푸렸다. 불현듯 자신의 14년 인생이 완전히 다른 두 개로 나뉜다는 생각이 들었다. 아빠와 함께한 삶과 아빠가 존재하지 않는 삶. 그리고 아빠가 존재하지 않는 삶은 죽은 상태나 마찬가지였다.

"단도직입적으로 말하마. 너는 나를 알기 위해, 혹은 내가 너를 알아주길 원해서 이곳에 온 게 아니다. 단지 나탈리를 도우러 온 거지."

나탈리. 소녀의 이름이다. 루크는 그동안 소녀의 이름이 무엇일까 궁금했었다. 잠시 마음속으로 소녀의 얼굴을 그려보며 소녀의 목소리가 들리는지 다시 귀 기울였다. 하지만 여전히 아무 것도 들리지 않았다.

"그 애를 어떻게 도와야 하는지 아직 말하지 않으셨어요."

"적절한 때에 모두 말하려 했다. 우선 나탈리에 대해 해줄 얘기가 몇 가지 있다. 그리고 기본 원칙도 정해야 하겠고."

부인은 피아노 쪽으로 걸어가 그 위에 손을 얹고서 단호한 표정으로 그를 쳐다봤다.

"네가 이 집에 오는 건 비밀로 해야 해. 난 아무한테도 말하지 않을 게다. 그러니 너도 그래야 한다. 내 말 뜻 알아듣겠냐?"

"그럼요."

"대답은 예 아니면 아니요, 둘 중 하나로 해."

"예."

"누군가 너에 대해 물으면 나는 너를 한 번도 본 적이 없다고 말할 게야."

"그건 이미 말했잖아요. 문제없어요. 그런데요, 이게 그렇게 중요한 일이라면 그냥 없던 일로 해요. 전 여기에 올 이유도 없고, 할머니를 위해 난처한 상황에 말려들 이유도 없어요."

"나를 위해?"

"아니, 그 애를 위해서요. 나탈리요."

"알았다. 일단 서로의 입장을 이해해야 할 것 같구나."

부인은 맞은편 의자에 앉아서 말을 이었다.

"나탈리는 나이는 열 살이지만 정신연령은 네 살이야. 태어나서 줄곧 정신장애를 앓았는데 설상가상으로 2년 전에 자동차 사고를 당했거든. 그때 그 애 부모가 모두 목숨을 잃었지. 나탈리는 살아남았지만 그때 충격으로 시력을 잃었어. 물론 이건 일부에 지나지 않아. 그 애는 사고 전에도 문제가 많았는데 시력까지 잃고 나서 몹시 혼란스러워했고 두려움에 가득 찼지. 그래서 아무것도 확신하지 못해. 자기가 누구인지, 부모가 누구였는지, 그리고 내가 누군지도."

"하지만 할머니라고 하던데요."

"그건 내가 지난 2년 동안 그렇게 부르라고 가르쳤기 때문이
야. 지금은 나를 할머니라고 부르지만 과연 옛날의 나로 기억하
는지는 나도 모르겠다. 그동안 의사표현을 할 수 없었던 애라서
무엇을 알고 무엇을 기억하는지 알 수가 없어. 그래서 사랑하는
방법을 처음부터 다시 배워야 한다고 생각했지. 다행히 사랑을
아는 애라서 그걸 가르치는 일은 그다지 어렵지 않았다."

"할머니가 여기로 이사 올 때부터 나탈리가 계속 이 집에 살았
어요?"

"거의 그런 셈이지."

"그런데 이 마을에서 그 애를 한 번도 본 적이 없어요."

"마을에 나간 적이 없으니까. 그 애는 이 집 밖으로 나간 적이
없어. 그 애가 여기 산다는 사실을 아는 사람도 없지. 너 말고는."

리틀 부인이 잠시 멈추었다가 말을 이었다.

"내가 나탈리를 왜 밖에 안 데려가는지 궁금하겠지. 이유는 두
가지다. 우선 그 애가 밖에 나가는 걸 너무 두려워해. 사실 아래
층으로 내려오는 것조차 몹시 두려워할 때가 많아."

루크는 얼굴을 돌려 창밖을 쳐다봤다. 점차 불안감이 싹텄다.
그래서 뜰을 둘러싼 담벼락 너머에 있는 숲을 멀거니 바라봤다.
숲 깊은 곳에 있는 오크가, 그의 나무이자 친구인 오크가 그를 부
르고 있었다. 그가 있어야 할 곳은 낯선 할머니가 있는 이곳이 아

니다. 오크가 있는 숲속이다. 하지만 부인의 이야기를 듣고 있자
니 다시 질문을 할 수밖에 없었다.

"나탈리를 밖에 데리고 나가지 않는 두 번째 이유는 뭔데요?"

"사실 그애는 내가 데리고 있으면 안 되는 애거든."

노파의 눈빛이 어두워졌다.

"나탈리의 엄마는 내 딸이야. 딸이랑 사위가 사고로 죽었을 때
나는 인도에서 돌아올 준비를 하고 있었다. 난 어른이 된 후 대
부분의 인생을 거기서 보냈는데 돌아올 준비를 하면서 그랜지를
구입했지. 노년을 이 나라에서 딸과 사위와 함께 보내고 싶었거
든. 그리고 점점 커가는 나탈리를 더 많이 알고 싶었고. 부모 빼
고는 내가 유일한 피붙인데, 외국에 있느라고 몇 번 보지도 못한
게 못내 아쉬웠다. 그랜지에 가구 같은 큰 짐이랑 온갖 물건을 보
내놓고도 인도에서 아직 해결 안 된 일들을 마무리하고 있을 때
사고 소식을 들은 거야. 남은 일을 후다닥 처리하고 최대한 빨리
출국했지만 영국에 도착했을 때 장례식은 이미 끝나버렸고 나탈
리는 빈 집에 덩그러니 남겨져 있더구나. 시력도 잃은 데다 상태
도 말이 아니었어. 두려움에 떨고 있었고 충격에서 벗어나지 못
했지. 나탈리를 보호하던 사람들은 그 애를 어떻게 해야 할지 몰
라 했다. 보니까 나탈리는 그 애의 상태에 맞는 치료도 못 받았
어. 이건 그냥 하는 말이 아니다. 난 인도에서 40년 넘게 간호사
로 일했거든. 수많은 사고 희생자를 치료해봤기 때문에 심각한

정신적 충격을 받으면 사람이 어떻게 되는지 잘 알지. 그래서 아무도 안 볼 때 그 애를 데리고 나와버렸다."

"할머니가요……?"

그는 잠시 잘못 들었다고 생각하고 부인을 멀거니 쳐다봤다.

"그래. 내가 데리고 나왔어. 그 애를 몰래 데리고 나왔지. 아주 쉬운 일이었다. 그곳에 있던 사람들은 하나같이 미숙하기 짝이 없었어. 아무도 날 못 봤고 그 누구도 날 의심하지 않더군. 내가 그 집에 나타난 건 딱 한 번이었고 그때 난 약간 노망들고 비실거리는 늙은이처럼 굴었거든. 난 나탈리를 몰래 그랜지로 데려와서 돌봐줬다. 물론 조사가 이루어졌지만 아무것도 발견하지 못했고 아무도 날 의심하지 않았지. 경찰들은 내가 나탈리의 할머니이고 유일한 친족이라는 사실을 알고 나서 의례적으로 나를 찾아왔지만 아무것도 발견하지 못했어."

"어떻게 그럴 수 있죠?"

노파는 코웃음을 쳤다.

"아주 쉬운 일이었지. 나탈리는 금세 나한테 집착했거든. 그 애한테 집에 사람들이 오면 아주 조용히 있으라고, 안 그러면 그들이 널 데려간다고 일러두었지. 나탈리는 경찰들이 왔을 때 침대 밑에 쥐 죽은 듯 숨어 있었다. 그 사람들은 대충 훑어보더니 더 볼 것도 없다고 생각했겠지. 어쨌든 경찰은 빨리 돌아갔고 그 후로 우리를 성가시게 하는 사람은 없었다."

부인은 루크에게 시선을 맞추고 말했다.

"네가 나타나기 전까지는 말이다."

루크는 부인에게서 시선을 돌리지 않으려고 애쓰며 말했다.

"그러니까 사람들이 나탈리를 그 집으로 다시 데려갈까 봐 그 애를 숨기고 있는 거네요."

"나도 모르겠다. 그 사람들은 분명 나탈리를 그 집으로 데려갈 테지. 하지만 그렇게 되도록 가만히 있지는 않을 게다."

"하지만 나탈리의 할머니잖아요. 유일하게 살아 있는 친족이라고 했잖아요. 그럼 할머니가 보호하는 건 당연한 거 아닌가요?"

"상황이 그렇지가 않아. 그 사람들은 나탈리가 눈도 멀고 정신적으로 충격을 받은 데다 정신연령도 낮기 때문에 특별보호를 받아야 한다고 주장할 거야. 그렇게나 오랫동안 가족을 떠나서 인도에서 살아온 나 같은 노인네는 보호자로 적당하지 않다고 말하겠지. 하지만 그렇지 않아. 나는 그 애를 그 누구 못지않게 잘 보살펴왔다. 바깥세상과 단절하고 지내면서 나탈리의 상태는 조금씩 호전되고 있었어. 하지만 최근 나탈리의 상황이 좀 안 좋아졌다. 사실 그 애한테는 참 힘든 상황이지. 아직 상처가 아물지도 않았는데 그 애가 견디기에는 힘든 일이 일어났거든."

루크는 이 모든 이야기가 믿기지 않았다. 어떻게 받아들여야 할지 몰랐다. 정신적 충격을 받은 장님 소녀를 그렇게 오랫동안 사람들에게 —물론 그를 제외하고— 들키지 않고 숨겨오다니. 하지만 그게 나쁘거나 비열한 일처럼 느껴지지는 않았다.

"그래서 밖에 잘 나가지 않는 거군요. 나탈리를 데리고 나갈 수도 없는 거고요."

"그래, 필수품을 살 때만 밖에 나가지. 내가 갖고 올 수 있을 만큼 최대한 많이 사서 돌아오고. 다 이유가 있어서 집에 사람들을 들이지 않았던 게다."

"전 할머니가 사람들을 싫어해서 그러는 줄 알았어요."

부인이 무뚝뚝하게 대답했다.

"싫어하긴 하지. 하지만 내가 밖에 잘 안 나가고 사람들을 가까이 하지 않는 중요한 이유는 나탈리 때문이다. 이제 넌 비밀을 알았으니 우리를 배반하면 안 돼. 내가 아니라 나탈리를 위해서. 네가 이 얘길 비밀로 하면 나도 네가 이곳에 침입한 사실을 비밀로 지켜주마."

"그런데 저는 아직도 제가 어떻게 나탈리를 도울 수 있을지 모르겠어요. 제 말은 제가 그런 전문가는 아니라는 거죠. 제가 뭘 할 수 있나요?"

부인은 의자에 깊숙이 기댔다.

"피아노를 연주할 수 있잖아."

"뭐라고요?"

루크는 부인의 눈썹이 추켜올라가는 것을 보고 말을 재빨리 수정했다.

"아니, 뭐라고 말씀하셨어요?"

"피아노를 연주할 수 있다고 말했다. 난 못하거든. 내가 할 수 있는 일이라면 너한테 부탁하지도 않았겠지. 하지만 넌 나한테 빚진 게 있는데 마침 재능도 있잖니. 그러니까 나탈리를 위해서 그 재능을 써줬으면 한다. 그렇게 부담스러운 일은 아닐 거야. 네가 즐기면서 할 수도 있는 거고."

부인은 피아노를 흘긋 바라봤다.

"이렇게 훌륭한 그랜드피아노, 연주하고 싶지 않니? 조율도 해놨다."

"사람을 집에 들이는 걸 싫어한다고 했던 것 같은데요."

부인은 루크를 바라보며 맘에 들지 않는다는 듯 인상을 썼다. "장님 피아노 조율사를 불렀거든. 좀 웃기긴 했지만 아주 잘한 일이지. 그 사람도 나탈리를 못 봤고 나탈리도 그 사람을 못 봤어. 그 애는 어쨌든 아래층으로 내려오지도 않았으니까. 피아노 건반을 두드리는 소리를 듣자 몹시 무서워했어. 그런데 조율이 잘됐나 싶어 몇 곡을 연주하는데 나탈리에게서 뭔가 변화가 일어났다. 위층 그 애 방에 같이 있었는데 그 애가 넋을 잃고 음악을 듣더구나. 콧노래까지 부르는 것 같았어. 그런데 음악이 멈추자 금방 시무룩해지더구나. 어찌나 불쌍해 보이던지 처음부터 연주 소리 같은 건 듣지 않는 게 나을 뻔했다는 생각이 들 정도였다. 그래서 네가 나타났을 때 난…… 난 네가 나탈리를 위해 연주를 해줄 수 있을 거라고 생각한 게다. 그 애를 다시 행복하게 해줄 수 있다고 말이야."

"라디오는 안 되나요? 아니면 CD 같은 걸 틀어주면요? 그 애가 들을 수 있는 음악은 무지 많잖아요."

"효과가 똑같지 않아. 그 이유는 나도 모르겠다. 뭐든 음악 소리에 귀를 기울이고 또 좋아하는 것 같기는 한데, 그때처럼 완전히 빠져들지는 않아. 조율사가 왔을 때 피아노의 생생한 소리에 완전히 사로잡힌 모양이야. 글쎄, 네 연주도 효과가 없을지도 모르지. 그런 일은 조율사가 왔던 그때 딱 한 번만 일어났으니까. 하지만 네가 시도해줬으면 좋겠구나. 그리고 아까 말했던 것처럼 너도 좋아할 게다. 피아노가 굉장히 웅장하거든."

"칠 줄도 모르면서 피아노는 왜 샀어요?"

"그건 네 알 바 아니고."

부인이 날카롭게 대답했다.

"그러면 아무도 사용하지 않는데 조율사는 왜 불렀어요?"

"그것도 네 알 바 아니다."

부인의 어조가 더 날카로워졌다.

"넌 질문을 하려고 여기에 온 게 아니야. 피아노를 연주하려고 온 거지."

"명령인가요?"

"그건 아니고……."

루크는 다시 화가 치밀었다.

"명령처럼 들려요. 명령은 받아들이지 않겠어요."

"명령이 아니었어. 그건…… 요청이었다. 난…… 난 네가 내 손녀를 위해 연주를 해주면 좋겠구나."

부인은 마지못해 목소리를 부드럽게 냈다.

루크는 이 모든 일에 관여해야 하는지 어떨지 몰라 망설이다가 결국 입을 열었다.

"알겠어요. 딱 한 번만 해볼게요. 연주는 얼마나 해야 돼요? 어떤 곡을 하면 되죠? 클래식, 재즈, 록?"

"네가 전문가잖아? 그러니까 좋은 걸로 엄선할 수 있겠지?"

부인의 목소리에는 조롱과 존경이 묘하게 섞여 있었다.

"네가 원하는 곡으로 연주해. 네가 원하는 만큼 말이다. 내가 바라는 건 그뿐이다."

리틀 부인은 루크를 남겨두고 위층으로 올라갔고 그는 커다란 그랜드피아노에 앉아 연주를 시작했다. 부인 말이 맞았다. 먼지가 쌓여 있긴 했지만 피아노 소리는 깊고 낭랑하게 울려 퍼졌다. 그는 좋아하는 곡을 연주하기 시작했다. 쇼팽, 슈베르트, 비틀즈, 비지스, 사이먼 앤 가펑클, 패츠 월러, 빌리 메이얼, 스캇 조플린, 바흐, 스카를라티, 하이든……. 그리고 오래 전에 배운 간단하고 쉬운 곡까지. 그는 연주하고 또 연주했다. 연주하는 동안 절반 정도는 즉흥적으로 연주했고 음을 잘못 치기도 했지만 개의치 않았다. 큰 방에 홀로 남아 그저 연주만 했다. 위층에 있는 리틀 부인과 그 옆에 있을, 겁에 질려 있던 소녀를 의아하게 생각하면서. 그리고 자기도 모르게 아빠를 생각하면서. 그러다가 기분이 이상해지고 어딘가 진지해졌는데, 그 순간 어깨 옆에 어떤 존재가 있는 것만 같았다. 하지만 그는 연주를 멈추지 않았다.

연주를 할 만큼 했다고 생각했을 때 시계를 보니 정오가 다 되어 있었다. 손목이 저릿하고 몹시 피곤했다. 거실에는 아무도 내려오지 않았다. 해가 중천에 떠올랐고 음악 소리가 사라진 고요한 공기 속으로 새 소리가 들려왔다. 어깨 옆에 있던 존재도 사라져버렸다. 하지만 그는 혼자가 아니었다.

문 앞에 자그마한 실루엣이 보였다. 그토록 겁에 질린 표정을 짓던 주인공이, 끈질기게 귀에 따라붙던 울음소리의 주인공이, 바로 거기에 서 있었다.

〈2권에서 계속 이어집니다〉

나 에 게 만 들 리 는
별빛 칸타빌레 1

초판 1쇄 발행 2008년 2월 18일
27쇄 발행 2018년 4월 24일
개정판 1쇄 발행 2021년 2월 24일
2쇄 발행 2022년 4월 25일

지은이 팀 보울러
옮긴이 김은경
펴낸이 김선식

경영총괄 김은영
콘텐츠사업3팀장 이승환 **콘텐츠사업3팀** 김은하, 김한솔, 김정택
편집관리팀 조세현, 백설희 **저작권팀** 한승빈, 김재원, 이슬
마케팅본부장 권장규 **마케팅1팀** 최혜령, 오서영
미디어홍보본부장 정명찬 **홍보팀** 안지혜, 김은지, 박재연, 이소영, 김민정, 오수미
뉴미디어팀 허지호, 박지수, 임유나, 송희진, 홍수경
재무관리팀 하미선, 윤이경, 김재경, 오지영, 안혜선
인사총무팀 이우철, 김혜진
제작관리팀 박상민, 최완규, 이지우, 김소영, 김진경
물류관리팀 김형기, 김선진, 한유현, 민주홍, 전태환, 전태연, 양문현

펴낸곳 다산북스 **출판등록** 2005년 12월 23일 제313-2005-00277호
주소 경기도 파주시 회동길 490
전화 02-704-1724 **팩스** 02-703-2219 **이메일** dasanbooks@dasanbooks.com
홈페이지 www.dasan.group **블로그** blog.naver.com/dasan_books
출력·인쇄 갑우문화사 **제본** 갑우문화사 **후가공** 갑우문화사

ISBN 979-11-306-3556-9 (43840)
979-11-306-3572-9 (세트)